I0762112

МАРКО ВОВЧОК

ГАЙДАМАКИ

УКРАЇНСЬКА БІБЛІОТЕКА

Українська Бібліотека

ГАЙДАМАКИ

МАРКО ВОВЧОК

Ukrainian Library

HAYDAMAKY

MARKO VOVCHOK

Ілюстрація до обкладинки *Козаки в степу. Вартові запорозьких вольностей* Сергій Васильківський (1890)
Вступ © 2023, Glagoslav Publications
Про автора © 2023, Glagoslav Publications
Видавці Максим Ходак і Макс Мендор

Cover Illustration *Cossacks in the steppe. Guardians of Zaporozhian Liberties* by Serhii Vasylkivsky (1890)
Introduction © 2023, Glagoslav Publications
About the author © 2023, Glagoslav Publications
Publishers Maxim Hodak and Max Mendor

www.glagoslav.nl

ISBN: 978-1-80484-107-5

МАРКО ВОВЧОК

ГАЙДАМАКИ

GLAGOSLAV PUBLICATIONS

ЗМІСТ

ПРО АВТОРА

Марко Вовчок (1833-1907) – українська письменниця. Справжнє ім'я: Марія Вілінська, прізвище за першим шлюбом: Маркович, прізвище за другим шлюбом: Лобач-Жученко. Її псевдонім, Марко Вовчок, було придумано Пантелеймоном Кулішем. Твори Марко Вовчок мали антикріпосницьку спрямованість та описували історичне минуле України. У 1860-х роках Вовчок здобула значне літературне визнання в Україні після публікації в 1857 році українською мовою збірки «Народні оповідання». З точки зору літературної художньої творчості, Марко вважається однією з перших впливових модерністських авторок в Україні. Її твори «визначили розвиток українського оповідання». Також вона збагатила українську літературу рядом нових жанрів, зокрема, соціальної повісті («Інститутка»). Повість «Маруся», перекладена та адаптована на французьку мову, стала популярною в Західній Європі наприкінці 19 століття.

Марія Вілінська народилася в 1833 році в Орловській губернії Російської імперії в сім'ї армійського офіцера та дворянки. Після смерті батька у віці 7 років вона виховувалася на маєтку своєї тітки, а потім відправилася на навчання спочатку до Харкова, а потім до Орла. У 1851 році вона переїхала до України, одружившись з Афанасієм Марковичем, фольклористом та етнографом, який був членом Братства святого Кирила і Мефодія. З 1851 по 1858 рік вона жила в Чернігові, Києві та Немирові, допомагаючи своєму чоловікові в його етнографічній роботі та вивчаючи українську культуру та мову.

Твори Марко Вовчок мають велику цінність для України з кількох причин:

Соціальна тематика: Більшість її творів мають антикріпосницьку спрямованість. Вони відображають життя простих людей, їхні страждання та боротьбу за свободу в умовах кріпацтва. Це допомагає сучасному читачеві зрозуміти соціальні проблеми та конфлікти того часу.

Літературний новаторство: Марко Вовчок вважається однією з перших впливових модерністських авторок в Україні. Вона збагатила українську літературу новими жанрами, зокрема соціальною повістю.

Збереження та популяризація української культури: Її робота над «Народними оповіданнями» та іншими етнографічними матеріалами допомогла зберегти та популяризувати українські народні традиції, мову та культуру.

Міжнародне визнання: Деякі з її творів, такі як «Маруся», були перекладені та адаптовані на інші мови, зокрема на французьку, і стали популярними в Західній Європі.

Вплив на інших письменників: Твори Марко Вовчок визнали та захоплювалися такі видатні літератори, як Тарас Шевченко та Іван Тургенєв.

Роль жінки-письменниці: Вона була однією з небагатьох жінок свого часу, яка змогла досягти визнання в літературі, що підкреслює її винятковий талант та відданість справі.

У підсумку, твори Марко Вовчок є важливою частиною української культурної спадщини, яка відображає історичні, соціальні та культурні реалії її часу. Її вклад у розвиток української літератури та культури не може бути переоцінений.

ВСТУП

Марко Вовчок, відома українська письменниця XIX століття, заслужила особливу увагу завдяки своїм глибоким і психологічно насиченим творам, які відображають життя та долю простих людей в умовах соціальних та політичних змін. Її твори завжди були пронизані співчуттям до героїв та гострим аналізом суспільних проблем.

«Гайдамаки» – це один з менш відомих, але не менш цінних творів Марко Вовчок. Він розповідає про події Гайдамацького повстання 1768 року, яке стало однією з найбільших національно-визвольних боротьб українського народу проти польської шляхти. Через історію простих гайдамаків письменниця показує жорстокість та несправедливість феодального ладу, а також неприборкану волю до свободи українського народу.

Марко Вовчок вдало поєднує історичні реалії з художньою вигадкою, створюючи яскравий і емоційний образ гайдамацької епохи. Її «Гайдамаки» – це не просто історичний роман, але й глибокий психологічний аналіз мотивів та дій головних героїв.

Читаючи «Гайдамаки», ми можемо краще зрозуміти духовний світ українців XVIII століття, їхні мрії та аспірації, а також оцінити внесок Марко Вовчок у розвиток української національної літератури.

ГАЙДАМАКИ

ГЛАВА І

Давно те діялось…

Мій батько був крепак, родом з панського села Чорностава.

Колись чорноставське панство далеко знали. Склалася й пославка: бенкетує, як чорноставський владир.

Щиро розкошував нашого пана батько, не постив і син, то удвох вони таки гарненько порозпорошували дідизну і великі добра з димом та з вітром по воді пустили.

А проте на бенкети чимало ще зоставалося – ще зоставалися села й хутори, поля і степи, гаї і пущі, до того гута, крохмальня, цегельня, риболовні, броварня, отари, гурти, табуни і крепацькі хрестьянські душі. Спродавай, що тобі любля, та бенкетуй досхочу.

Найкращі панські пущі, чорноставська та дрочиловська, буявшій, сливе, поруч: гоней, може, у три від села чорноставська, поза нею трохи на одшибі у глибокім роздолі бурчак, а по тамтім боці дрочиловська.

Чудові були пущі. Тепер таких і не надибаєш, бо таких вже нема.

Мій батько – звали його Лавро Несвітайло – служив за чорноставського лісника. Серед пущі стояла наша хатка.

Вже і знаку від тієї хатки нема – не зосталося ані звалисочка, ані опадлинки. Темний чорноставський гай як огнем пожерло, вже й сам я у землю увіходжу, а наче вчора виглядав з того хатнього, на схід, віконця та мружив очі проти блискучого сонечка, що променіло крізь зелену просіку; наче вчора шуміли мені понад головою старі дуби та берести, а я, дурний та веселий, біг у яр купатись… Біжу, що дух у тілі – вже пахне мені та свіжа та прозора глибина – на бігці усе з себе зриваю, та з кручі шубовсть в озерце… Аж вода ізорне, а птаство в березі пурх-пурх…

Усе проминуло… Усе наче полум'я згладило, а в споминку живесеньке, аж сяє…

Нас у батька було двойко, я, хлопчик восьмиліток, та моя сестра Катря, вже таки доросла дівчина – у 16, мабуть, рочок уступала.

Мати наша вмерла молодою. Я зостався у сповиточку, і випестила мене батькова сестра, а моя тітка, стара Мокрина.

Була та тітка Мокрина удова, свою єдиначку давно поховала і хазяйнувала в нас, щиро пильнуючи кожнісеньку нашу трісочку, а мене й Катрю доглядала і жалувала, як своїх рідних діток.

Жили ми у пущі в затишку і самотньо. Батько сливе не заглядав у село, бо пан не дозволяв і на годинку кидати лісу, а підпанки пильнували, щоб лісник шанував панського розказу. Не дуже вчащала у село і тітка Мокрина, а коли було наважиться одвідати родини, то вдосвіта, як на селі ще тільки прокидаються люди, або присмерком, як вже змрок починa опадати на землю, та не прямує, а біжить яром, геть-геть обминаючи панську садибу.

Спершу тітка інколи брала з собою Катрю, а далі батько заборонив:

– Не води у село, сестро, коли не хочеш, щоб вона на виспі опинилась.

Була, бачте, така виспа у Чорноставі, роблена… Оце як почав я, старий, те давнє згадувати, то й не потовплю споминок – вироюваться та вироюваться, та одна попереджає, та одна одну заступає. І наперед забігаю, і убік звертаю, і назад поступаюсь… Хай вибачають старому…

Так була, кажу, попід панським садом, на великому ставу, роблена виспа. Два роки аж три села поралось, поки висипало високу, сказав би, могилу; на тій могилі викохали дібровку, а в дібровці вибудували башточку – віконця гринджасті, мережені та мальовані, як писанка, дашок спичастенький, а на дашку якесь кам'яне чи янгелятко, чи так хлопчик з крильцями, голісінький, як робачок, стоїть на одній нозі, наче: «Ось летітиму!» – і держить у руці червоне знаменце. У ту башточку вкидали сільських дівчат і там замикали чи на два тижні, чи на два роки – то вже як пан приділить. Так і звалась та виспа – дівоча[1].

Як пан приділив батька за лісника і перегнав нас з села у пущу, Катря вже подругувала з сільськими дівчатками, і веснянок вміла співати, і мережити лиштви, а мене взято немовлям, і рідний свій Чорностав я знав тільки по по-слуху. Було, тітка Мокрина, сидячи за шитвом чи за прядивом, частенько пригадує та розказує, як у тому Чорноставі колись ми жили, яка та сільська наша хатка була придобна, а у дворі криничка, а вода з неї чиста, як сльоза; як одного року уплодило в садочку вишення, яка копаночка там славна – каченятка було й на став не хочуть: гиля-гиля, а їх з копаночки не викишкати… А закомірочок, як скринька… Сусідочки приязненькі, родина недалечко – незабаром і раду знайдеш, і пораду…

Як почне, було, пригадувати, то й кінця нема.

– І все те мусили покинути! – зітха. – Хоч ми й тут лісову хатку впорядкували собі гарненько – є в нас і криничка глибоченька, маємо і городчик, і пашні трохи, а за копаночку нам аж ціле озеро – усе гаразд, усе добре, та не батьківщина, що там родилась і хрестилась, молодою співала, увійшовши у розум, горювала…

Отак, згадуючи, розквилиться було старенька, та зараз і схаменеться.

– Ви, діточки (до мене та до Катрі), не слухайте, що стара буркоче. Се я, грішна душа, перебендюю. Хоч Господь простить та гіршим не карає. А нам ще можна жити і Бога хвалити…

А по сьому – знов згадувати батьківщину, то утулочок придобний, то стежечку до ставка…

Отак, прислухаючи, закортіло мені подивитись зблизька на той, мовляв, рівний Чорностав – здалека я вже до його добре придивився: в конець гаю на окрайку стояв дуб-довговік, і як злізти на саму верховину, то геть-геть видно… Зараз заблискочуть великі вікна на панському будинку, що красувався на узгорку, висадою на нашу пущу, – замережать по саду квітники та стежечки, кущовики, намети; за будинком розкинеться широкий панський двір – безперестанку тут рух, бігачка, проводять коней, щось несуть, щось везуть, крутяться, вертяться, звиваються… А геть за панським двором наче з жмені пущено в ту долинку хатками та садками.

Дивлюсь, було, та вишукую, де та наша колишня батьківщина і ті стежечки й заулочки, що тітка Мокрина наче мені намалювала словами.

І став я просити:

– Нехай же я, тіточко, того Чорностава зблизька побачу!

Хоч добряща була і плохенька, і був я в неї, як кажуть, мазунчик, а не послухала і разу.

– Ой, дитино, що ти надумав! Там пани, там панські хорти! Розірвуть тебе на мотлошки!

– Та то мені, тіточко, байдуже, – наполягаю.

Хоч малий, а знав вже я трохи, що то пани, а що панські хорти, та цікавий, бачте, вродився, а до того дитяча сподіванка, що напасть ніби не моя часть – якось то так оборудується, що я і з лиха вибавлюсь, і свого покоштую. І чіпляюсь: «Візьміть та візьміть у село».

– Мій ти єдиночку, неможна! Ти ж маленький. От як трохи підбільшаєш, то поберемось і у село, і у ярмарок – скрізь погуляємо… Ось тобі коржики… Ось тобі горішки… Не можна! Не можна!

Як чого забажає цікава дитина, то дарма їй казати: «Не можна!», бо вона того «не можна» зроду-віку не прийма, а ще гірш розпалиться. Пече мене хоч зазирнути у Чорностав…

Одного разу кинув я об землю горіхи і сиджу, як хмара, на порозі, коли надходить батько з лісу та й пита:

– А чого се, тітчин підбічничку, сидиш, як у розсолі?

– Він журиться, що не беруть у село, – одказує Катря. – Відкупались тітка горіхами – не хоче й горіхів, так журиться.

– Нехай собі трохи пожуриться, – каже батько, – без журби не прожить у світі.

Постояв трохи та до Катрі:

– Ти, дочко, на тому тижні була у Чорноставі? Пізненько? ввечері?

– Була, тату… одвідала Орисю…

А сама стрепенулась і спахнула, як іскра.

– Щоб ти більше у село не заглядала. Чуєш, дочко?

– Чую, тату. Більше не піду.

Батько знов побравсь у ліс, а Катря задумалась.

– А що, – дратую, – і тобі у Чорностав не можна?

Вона наче не почула.

– Катре! Катре! – гукаю. – І тобі у Чорностав не можна? Еге?

– І мені не можна, – одказала.

– Мене не беруть, та й ти не підеш, еге?

– І я не піду.

Словами одказує, а мислоньками, здається, десь далеко залинула.

От наче ще стоїть мені перед очима та сестра моя Катря, як тоді присмерком стояла вона в задумі коло нашої гаєвої хатки, – молоденька, як калинова квітка, трохи схмуривши чорні брови, стиснувши уста, втопивши карі очі у землю…

А далі, примічаю, і тітка Мокрина наче забува свою стежечку чорноставським яром.

«Мабуть, і тітці заборонив батько!» – думаю.

Та й питаю:

– Тітко, чому се ви не одвідаєте родини?

А батько чує.

– Часу не маю, мій голубе!

– А перш-то ви мали час? – чіпляюсь.

Озвався батько:

– Бач, сестро, як твій підбічничок бере тебе на решето. А я так думаю: коли вже йому кортить погуляти у Чорноставі, то ти не впиняй, – нехай тудою простує. Як не порвуть хорти, то, може, так він там присмачить, що зостанеться у панському дворі, і сквапний з його дворак випеститься…

А тітка перехоплює:

– Якого іще там дворака видумали! Та боронь Боже.. Оце напались на дитину! Дитина тільки спитала. Хіба вже не можна спитати? Навіщо йому той Чорностав здався? Він зна, що нам тут, у лісі, в затишку, краще… Хоч людей не густо і трохи ніби самотненько, та спокій в нас… А пташок у лісі! А зимничок! Правда, Матвійку? (Се вже до мене). В нас у гаю і малина, і суниці, і полуниці… Схочемо, то зловимо собі зайчика… спорядимо гойдалку…

– А я так думаю, нехай він свою волю волить, – править батько.

– Та я туди вже й не хочу, – кажу, – байдуже мені той Чорностав… Се я тільки пожартував…

Любив я свого батька і шанував. Був він маломовний і ніби похмурий, хоч від нього ніхто урази не дознавав, але нікого він і не голубив, а проте одно його абияке слово переважувало наймильші тітчині пещоти[2] і ласощі. Коли, було, часом трапиться мені спокутувать, то його поглумка гірш не те лайки – бійки, а як він до мене озветься, дещо спита, попожартує або дечому навчає, то вже я величаюсь, як Мошко на хрестинах. Аби йому догодити, чого б то я не занедбав, чого б не віджалував!

Так і занедбав я Чорностава.

Ріс я в лісі на самоті і бавився, як сам собі знав. Товариша однолітка не було. Сільські діти давненько перестали заглядати у пущу, бо хто колись заглянув, то так добре пам'ятав панську кару, що й другим заказав тудою заглядати. До того дітвору спиняли старші, бо, караючи сміливу дитину, теж і батька її і матір карали. Не минала кара і недбалого лісника, що не приміг впильнувати малого злочинця.

Пан частенько оглядав свої добра і проїздив пущею. Сидить у повозі ще не старий, – тільки дуже отілий – очі гострі, хижі, недобрі, усе їх мружив і уса підгортав. За повозом зап'ятники, а поруч верховні. Було, повоза ще не видко, ледве чутно, як торохтить, а вже тітка Мокрина вполохана аж труситься, ховає Катрю у комору… Мені шепоче, щоб тихо сидів десь поза кущами…

Прилучалося, що у пущу приїздила з ним сестра його – він вже давненько удовів. Пані його була – славили – здалека, з чужої країни взята, і добра, милосердна до людей, – може, того, що сама щастя не зазнала: хутенько по шлюбі зненавидів її пан і так знущався без милості, безперестанку, що вона ходила, як з хреста знята. Терпіла, поки була на руках дитинка, а вмерла дитинка, втекла. Приїхав ніби одвідати її брат, та вночі її викрав. Пан як з гіллі зірвавсь – за нею: «Вертайся!» Та не вернулась, а незабаром невдашечка і вмерла. Після покійнички вселилась сестра, вже таки підтоптана пані, здорова, як лось, гладка, що й миш не одержиться. Вже пасок, мабуть, із сорок із'їла, а вбиралася у цвітні атласи. Пика така, що й решетом не накрити, а на голові дрібушечки та кучері – сидить, як під димком попід якимсь завивалком, а з-попід завивалка братові хижі вирла світять…

Чимало йшло й їхало шляхом, що біг по узбоч пущі, а у пущу ніхто сливе не завертав, бо кожне знало, що як тебе там застукає якийсь панський доглядач, то наберешся добрий кош лиха.

Пам'ятаю, як одного разу запопали того старого Гершка римаря під дубами… був той Гершко такий старий, як світ, римарював та тяжко бідував, бо обсіли його дрібні унуки, а за розкоші мав він тільки чорну, як торішній стрючок, козу. Їхав сам пан і вгледів бідолаху.

– Ти, жиду, пощо тут?

– Я, милостивий пане, – каже Гершко, – відпочити трохи.

– Відпочити?

– Еге, милостивий пане, славно тут потомленому відпочити – наче під зеленими наметами.

– Кохаєшся у зелених наметах?

– Еге ж, милостивий пане, – каже Гершко.

А сам і сміється, і ніби плакати хоче.

– Добре, – каже пан.

Та як гримне:

– Беріть його, та он на того дуба, на саме верховіття!

Вмент і козачки, і возниця, і верховні – до Гершка, вхопили і на височенного дуба настромили. Посипалась травиця, що бідолаха своїй козі урвав – всього там було із жменьку тої травиці…

Спершу кричав і плакав старий, а далі ні пари з уст. Вхопивсь за гілля і дивиться звідти, звишку… Наче умерляк страшний, а сльози по зморшках, а сльози по зморшках… Висів там аж до змроку, поки пан по пущі гуляв, а як зняли його, то мусили держати, бо не стоїть, пада. Вивели його на шлях і поклали на шляху під вербою…

Проте інколи і в нашу хату уступали гості, то родичі, то давні батькові приятелі.

Невеселі були ті гості. Одвідували вони нас, як тітка Мокрина чорноставську родину, покриєму. Приходили пізно, як вже змрок обійме землю, та тим тільки й хвалились, яке в них у селі знов коїться або скоїлось лихо. Сього добра і по сей час досхочу у Божому світі, а тоді сипалось воно на крепацьку голову, як спілі грушки з дерева – одна ще пада, а друга вже попереджує, одно лихо ще душить, а друге вже в пазури бере.

Вже всі вони, ті батькові друзі, давненько по тім боці, а не забув я ані одного. Так добре пам'ятаю, наче ще дивлюсь на них та їх слухаю.

Не дуже вони гомоніли. Кожен потомлений, засмучений, кожен понуро оповідає або про гірку ганьбу, або про пекучу згризоту. Той хвалиться, яку щоденну, щогодинну муку терпить, другий міркує, якої напасті на завтра діждеться. Ніхто на краще не сподівається. Не радяться, бо нема ради. Зійдуться та тугу розділяють, біду свою тішать.

Одного разу довелось мені почути й жарти, та бодай такого й не чувати.

Якось дуже пізно увечері уступа до нас Дашко Хижняк – був чоловік розквітлого віку, тільки б йому жити та Бога хвалити – уступає та, всміхаючись, каже (а сам білий, як стінка на Великдень): «Оце я з катовні та навпростець до вас. Одвідаю, подумав, та похвалюсь, як мене виборно катували – чи не дві копи батогів на мене віджалували! А таки мусили мене покинути, бо я не скляний – їм на злість не розбився».

Ніхто на той жарт не озвався. Посиділи мовчки і попрощались.

З того вечора Дашка Хижняка як вода умила. Покинув жінку і маленьку дитинку. Дуже впадав справник, якби його вишукати, бо пан казав: «Подарую сивого коня, як вишукаєш», – а справник саме тоді добирав до своїх сивих, чи що – та не вишукав. Нема, загинув чоловік. «Де він, безпритульний? Хоч би мені знати? Чи живий він, чи мертвий», – було плаче жінка. А дитинка на руках веселенька сміється, ще гірш жалю завдає.

Мабуть, у крепацькому серці ще змалечку заляга той сумний жаль, та пекуча згризота, що, невгаваючи, шарпає його від молодих літ до сивої скроні і з ним у домовину моститься, бо з упливом часу всі ті давні урази і кривди, що вони хлоп'ятка не дуже-то, здається, і піклували, не тамуються, а гірш заяривають, а проте Господь милосердний і крепацькій дитині не боронить зазнати дитячої втіхи: скрізь вбожество, лихо, скорбота, сум, а дитина метелики, пташок гонить, скрізь криваві ї ллються, а дитина, аби запопала яку цяцьку, бавиться та тішиться.

Господь милосердний і мені приділив крипточку того дитячого щастячка. Хоч було часом стисне і дитяче серце жаль, – стисне аж до плачу, а навернулась яка іграшка, той мій жаль як вітром знесло. Бува ще по личку сльоза росить, а я вже наввипередки з птаством щебечу.

Отак я ріс і увійшов у літа. І випив свою добру повну…

Відколи вже все те перегоріло, перетліло, а й досі, як інше згадаєш, то за плечима й морозом, і вогнем всипне.

ГЛАВА II

Одного вечора напровесні… Ти, мій Господе! наче воно ще тут, біля мене, наче все те я ще бачу, чую… Наче оце проходжаю по тому Чорноставському лісі… От той ліс… Птаство ще не повернулось з вирію, дерево ще без листу, ані шелесту, ані голосу – тихо й глухо. Ще скрізь сніг біліє, а весняна теплиня вже орудує: зрана на землі на гіллях приморозь, а зійде та вигріє сонечко – закапле з стріхи, одвільжають і залисняться стежечки.

Так от певного, кажу, вечора напровесні сталася мені пригода, і повертався я з гуляння додому дуже невеселий.

Того року батько спорядив мені прехороші ґринджольці, а до того я сам, щиро помайструвавши із тиждень коло шпильочка над озерцем, таке спорядив собі урвисько, що шургав з його, як з печі, трохи не до другого берега – аж в очах зеленіло.

Як посадив одного разу коло себе Сірка та з ним отакечки шургнув, то після такої забавки хитрий собака, аби загледів, що я йду по ґринджольці, схопиться, наче хто його кип'ячом сипнув, і втіка, кудою втрапить.

І не сказати, як спершу кохався я у своїх ґринджольцях. Було, як скочу зрана до того шпильочка над озерцем, то ввечері треба мене додому, як чуже теля, загонити, а далі трохи вже відпустило, а ще далі ніби трохи й докучати стало, а там вже й добре надокучило. І зовсім занедбав би я ті ґринджольці, якби тітка Мокрина не почала надозолювати: «Ой дитино, не слухаєш, та все ходиш на озеро, а там вже лід такий тонесенький, як шкло!» «А ти, мабуть, знов з ґринджолами, Матвійку! Ой голубе мій, не ходи на озеро!» «Ой, знов не слухаєш мене! Журиш мене! Що ж мені з тобою робити! Чи ж таки зачинити у коморі? І зачиню, бо неслухняний… Втопиться хлопець! Чує моє серце!»

Не дурно, мабуть, кажуть, що заборона – то подмух вогнику…

Тільки що отак мене пострахала добра душа, мене як з мосту пхає на озеро.

Що ті старі баби тямлять! – думаю. Старі баби усього жахаються. Хіба я сам не знаю, що лід тоненький? Нехай тоненький, то що з того, як хлопцеві не бракує розуму? Як хлопець здатний і доглядний. А мені того добра не позичати – маю досить.

Оце повечоріє, калюжки постужавіють, а хоч молодик не дуже світить, та хто зна усяку повороточку в березі, той, замруживши очі, втрапить кудою треба, та й катне так, що аж дух захопить…

Оце ж я й катнув і дух захопило: хруснув лід, а я з ґринджолами у воду…

Виграмолився мокрий, як хлющ, по самісенький пояс. Попало теж і за комір, і в рукави.

Все б то можна викрепить – чого на світі не трапляється! – якби сам знав свою пригоду і нікому не хвалився. Так треба ж у хату, а уявись у хаті, то і тітка, і Катря сплеснуть руками, наче ти тричі потурчився: «А я ж казала! А я ж знала! Та де, та як, та коли, та Боже ж мій, та скрухо ж моя, та лишечко ж мені»… Хіба ж їм втямки, що як спостигла кого пригода, то не сикайся, як оса, йому в вічі, а дай йому покій – сам собі спокутує…

От так роздумуючи та розважаючи, іду і на ході все зупиняюсь та зорі вилічую. Стежка від озерця до хати неначе надвоє покоротшала. Здається, от-от тільки що видряпався з води, а вже ось і хатня одвірка.

Спинився я коло віконця і подививсь у хату. Каганець палає, батько струже лопату, тітка прядиво розмотує, а Катря мережить руками. І тітка ніби прислухає – мабуть, вже турбується, що я забарився дуже.

Постояв я, постояв, а таки у хату мушу. Зітхнув востаннє і вже руку до хвіртки простягаю, коли поміж деревами щось замарило. Придивляюсь – хтось високенний простує до нашого дворку. Я хутенько убіг, за старого дуба, і дожидаю. Він ближче, зростом і статтю око-в-око Максим Коренчук, – його й похода легка, а могутня, – той Максим, хоч вже пожив на світі, вже й сивизною його трохи сипнуло, добре він знав, почім ківш лиха, а не втеряв міцного здоров'я й сили. І неначе Максимова висока шапка. Так Максим був у нас позавчора, а вчащати не має часу. Та й стежка з села не тудою – сей прямує наче з пущі, від глибокого яру, або від Козачої Лучки. Придивляюсь пильно, а він вже близенько. Максим!

Так мене й підкинуло: мабуть, вже взято Орисю на виспу!

Максимова дочка Орися, хоч дуже рідко, а таки одвідувала нашу Катрю – така була славна, ясноока щебетушечка…

Позавчора Максим, уступивши у хату, похвалився: «Оце наша Орися на черзі». Здається, неабиякі слова, не страхота, не скарга, і промовив він ніби спокійно, а сумно стало, аж дух захопило.

Ой, та й пам'ятливі мені ті доби вечірні, як увійде нещасливий та похвалиться своєю гіркою напастю, і тихо стане у хаті, наче усі замруть…

Батько спитав:

– Взяли?

– Завтра зрана поведуть, – одказав Максим.

Тітка сплеснула руками:

– Боже мій милостивий!

Катря не озвалась.

З тим Максим попрощався, а ось він знов до нас поспішається. Може, Орися втопилася, як торік Ковалева Настя? Може, втікла світ за очі, як Приходькова Домаха?

Він не зоглердів, що я тут, коло хатніх дверей ховаюсь поза дубом, а мені вже байдуже, що я по пояс мокрий, – я за ним у хату.

Тітка Мокрина і Катря стрепенулись, аж не дихають, дожидають, що він скаже. Сам батько, що по йому не дуже то пізнати, чи йому холодно, чи тепло, і той ніби трохи блисконув очима.

А Максим поздрастувався, усіда на лавці та й каже:

– Оце уступив до вас трохи відпочити.

І такий якийсь він… не походить на того, що сидів тут позавчора, білий та понурий, схиливши голову; наче світ йому угору піднявся…

– Далеко був? – пита батько.

– Був у Гайворонщині, – каже.

Від Чорностава до Гайворонщини не так, щоб дуже близенько – верстви неміряні, – а поїхавши зрання та доброго коня добре поганяючи, встигнеш туди опівдня.

– А як же ви Переплавку перебрели? – пита тітка Мокрина. – Мабуть, крига вже скресла, а там така бистря, що Боже…

– Ще держить, – одказує, – хоч вода вже поверх дзюрчить, перебрів якось.

За Орисю ані словечка.

Тітка Мокрина розмотує своє прядиво та раз у раз спогляда на його та зітха, сама аж по комір почервоніла, – кортить поспитати за Орисю. Кортить, мабуть, і Катрі, тільки Катря сидить як мальована та вишива свої квіточки. Катря трохи в батька вдалася – коли вже наважила: не ворухнусь, то не ворухнеться, хоч її запали.

Стара таки не викріпила, спитала:

– А що ж, Максиме?

– А що? – пита Максим. Наче забув!

– Узяли Орисю?

– Взяли та зараз і вернули додому. То вели, то несли. Тяжко занедужала.

– Тяжко занедужала? Голубонько моя! Може, з переляку? Або засумувала дуже? – журиться тітка Мокрина.

– Може.

– Дякувати Господеві! – зітха тітка. – Хвороба минеться, а тим часом, може, Пречиста заступить, забудуть. Дякувати Господеві!

– Дякує й вона. Спасибі Богу та спасибі Богу, тільки й чути.

– А ми ще часом журимось! – додає батько. – Бува, що й нам Господь спосила, чого нам треба.

– А бува, – згоджується Максим.

– Чого се ви надумали у Гайворонщину? – пита тітка Мокрина.

– Карпо Семиренко привозив у двір лист від свого пана, та переказав мені, що Грицько Березовий давно мене вигляда, а не так, може, вас, – каже, – як свої грошенята, бо йому тепер шостак за копу стає. Відколи вже я йому винен, та все не спромогався віддати. Оце я й надумав одвідати.

Тітка зараз розпитувать, що там, в Гайворонщині, чутно, та чи там якусь Устю свекруха жалує, та чи дума якийсь Левко узяти восени якусь Химку, та ще кого там бачив, та що чув.

– Там тепер чималий переляк і розрух, – одказує Максим.

– А що там таке? Що таке? – перехоплює тітка.

Цікава була старенька.

– Та десь там недалеко в гаях розбійники, кажуть, уявились, чи що.

– Ой лишенько! – вжахається тітка. – Багато людей вбито? Смутку ж мій! Недалечко й до нас… А ми самі в лісі… Мати Божа…

– Та заждіть трохи, Мокрино, не жахайтеся, – впиня Максим, – нікого ще, дякувати, не вбито. Чутка йде, що ті розбійники людей не займають, а ніби трохи лякають панів. На тому тижні заскочили, славлють, кривчуковського пана і крипточку налякали. Справник і досі сидить у Кривчуках.

А тітка Мокрина:

– Мати Божа, Мати Божа! Піймав?

– Ще.

– Піймає! Піймає! – метушиться тітка. – Пильнесенько, мабуть, шукає?

– А пильнесенько… і щиро… От як інколи ви голку, – всміхається Максим. – У кривчуковському лісі, кажуть, наче ярмарок, – гук, огром, тупотить, грукотить… Усі вовки у ноги – кудою який втрапив. Кривчуковський пан двораків узброїв – такі лицарі, що й не сказати – сам на коні виграває, атаманує… А по сій мові, бувайте здорові – час додому. – Та до батька: – Може, трохи проведете мене, Лавро?

– Чому не провести, – каже батько, – мені треба назирнути в Велику Яругу. Позавчора трохи не застукав там двох з Панасовки. То по дорозі.

І батькові невеселі очі якось блисконули.

З сим словом виходить з хати.

Я б за ними слідком випурхнув, коли ж тітка Мокрина кинулась засувати двері і вхопила мене за рукави.

– Куди се, дитино? Хіба ж не чув, що скрізь розбишаки?

Та, зглянувши на мене, об поли руками:

– Матвійко! Се ж ти, мабуть, в озеро шургнув? Пропала свитина! Така прехороша. Горенько мені з тобою! Змок, як вовченя, певно захолодився навіки! Казала ж я, що колись втопиться хлопець, так воно й буде! Ой Мати Божа милосердна!

А я прошуся.

– Та я вже, тіточко, обсох, та і свитинка не попсується. Та я вже на озеро більш не піду…

– Скидай свитинку… Ой, горе мені з тобою – неслухняною дитиною! Ось моя кожушаночка – одягнись… Змерз, мабуть… Ой, лишенько!

Одягаюся у кожушаночку, а в думці: кудою батько подався – чи мені до Великого Яру, чи до Дякового Кута бігти?

– Чуєте, тітко, – кажу, – батько кличе… Та й відсуваю двері.

– Де там кличе? Не відсувай! Не відсувай!

А я вже за дверима та й дременув до Великого Яру.

Дременув, та разом і скаменів…

Батько з Максимом недалеко подались – сидять на колоді коло тину. І чую – Максим ніби батька запевняє:

– Що б то не пізнати Дашка! Він самий з ними… І жартує, казав Микита, є, жартує…

Батько загледів мене та й пита:

– А куди се ти вибрався, хлопче?

– Та я б, тато, з вами, – кажу, – до Великого Яру.

– На сей раз ти лучче берись до хати, сину, бач, нахмарило, і дощ накрапає. Та й пізно вже – самий час спати.

Мусив я до хати.

І такий невеселий, розтурбований, що тітка Мокрина тільки двічі чи тричі заклопотала милостивую Мати Божу зглянутись, якого я старій тітці жалю завдаю, а далі вже любенько спитала, чи я не голодний.

– Може, ти злякався? – пита. – Може, боїшся тих, мовляв, розбишаків? Не бійся, голубенятко, се так тільки славлють… Може, де вони й туляться, та до нас ніколи в світі їм не доступити… А може, в тебе що болить? Чи так роздрімався? Лягай спатки, та щоб мені добренько спав…

Поклала мені свою подушечку, помостила гарненько, вкрила мене, обгорнула. Побачила, що я очі заплющив, перехрестила і дала покій…

Хоч заплющив я очі, а сон мене не змагає – і думу в мене, думу, як на морі шуму… Дашко з ними – з ким? Наш Дашко? Пізнали його… Чую, тітка Мокрина бере своє прядиво й пита:

– Катрусю, любко, що ж се ти задумалася?

– Я, тіточко, мережу.

– Ти не бійся, серце…

Де б то ті розбишаки взялися.

– Ви, тіточко, самі, здається, забоялись, – одказує, ніби всміхаючись, Катря.

– Та се я так зразу… бо таке несподіване, а далі я вже розмислила, що нас не заскочуть… А ти, голубко, не заходь далеко… Оце по той хмиз берешся аж геть за озеро, у той байрак, у саму гущавину… Не треба того хмизу… Обійдемося, чуєш, Катре? Не заходь далеченько!

– Добре, тіточко.

– Казав Максим, вони людей не напастують, тільки панів ніби трохи лякають… І не вбивають нікого, еге?

– Так він казав, тіточко, не вбивають.

– Гайдамаки вони, чи що? Тільки гайдамаки вбивали. Ох, вбивали! Я, дитино, бачила тих гайдамаків, на власні очі бачила. Була ще маленька, а пам'ятаю, добре пам'ятаю… Моя старша сестра покійничка – нехай царствує в Бога! – надумала у гостину до дядини і дуже журилась… Відколи журилась, надумала, а й досі не вибралась, та хто його зна, чи коли й виберусь (дядина жили далеченько на хуторі). Коли одного ранку покійничок батько – хай над ним землиця пером! – кажуть: «Мушу з возом до містечка, дівчата, сідайте та їдьте до дядини, підвезу вас аж до Сорочого Броду, а там вже не забаритесь перебігти до хутора». Покійничка сестра зраділа, хутенько вбралася і мене вбрала – як ми всиротіли, то вона була мені ніби за маму, – як кози, скочили до воза, доїхали до Сорочого Броду і побралися пішки. Їдемо весело. Сестра розказує, як у гостині погуляємо, навчає, як мені, малій, треба поводитись, як дядину любенько вітати. Я хоч вже і притомилася, та не призналося, – тупаю…

– А чого се поперед нами такого вороння летить? – каже сестра.

Спогляну – летить воно та летить, одно одного попереджає.

– Може, і вони до дядини у гостину, – кажу.

– Бач яка вигадничка – що вигадала! – сміється сестра.

Дочапали ми вже до Холодної гори, і зазеленіла нам глибока долина – та Холодна гора височенна, а схилок у долину повільний і рівненький.

– Перебіжимо долину та за тогобочною кручею зараз і хутір, – каже сестра.

Коли дивлюсь, неначе щось чорне по долині розкидано, а хиже птаство понад нею колесом, колесом… Ми далі до схилку, ближче – аж то лежать люди неживі… замордовані… Пізнали Мошку лимаря, а коло нього якесь кучерявеньке жиденятко… Боже мій! Світе мій! Повернули ми – та втікати…

Біжимо, біжимо… Упадемо, підведемось, та знов біжимо… Коли чуємо, щось ніби гукає: «Дівчатка, шкода втікати». Оглянемось – аж їздець чвалує, а за ним ціла зграя. Доскочили, переймають; ми устеч. З переляку збожеволіли ми. Вже наочно, що не втекти, а таки втікаємо… А той, що попереду, знов гукає: «Дівчатка, не втікайте! Дурно свої ніженьки не втомлюйте!» Спобігли нас…

– Звідки ви, дівчатка, кудою простуєте? А чого ж се ви так злякалися? – каже той, що попереду доскочив, атаман їх, чи що. – Хіба хто б скривдив таких гарних дівчаток? Та за таку кривду земля б його пожерла. Правда, товариші?.. Як тебе зовуть, крале? – А сестра покійничка була красавиця. – Мене зовуть Одарка, – одказує сестра, – а се моя менша сестра, Мокрина. – Ось тобі, Одарцю, на пам'ятку. І дає їй два дукача. – Носи на здоров'ячко. Мабуть, ти вже й одлюблена? Еге? А таки згадай колись мене, гайдамаку. Бувай здорова, ясочко! І ти, маленькая (так до мене). Щасти вас Боже! І побігли чвалом… А ми так і пали при дорозі…

Прислухаю я – бо й не сказати, який я був цікавий про старовину, про гайдамаків слухати, – прислухаю, а з думки не іде Дашко. Стоїть перед очима, як стояв того останнього вечора, хвалячись, що виборно його катували, жартуючи, що не скляний він і на злість катові не розбивсь. Вже і на сон клонить, а все думки буяють, все мигтить мені його обличчя – біле, як крейда, і очі палючі, і той усміх незабутній, що обгорнув тоді й мене, дитину, сумом.

ГЛАВА III

Весна того року була рання й дружна. Вранці сніжок береться, а вже опівдні попід дубами наче обручки з темного оксамиту, а по тих обручках де-не-де, наче зелені голочки, стріляє травиця, а на другий день вже та травиця тут полойчиками. Сьогодні прислухається, чи се не пташка десь озвалась, а на завтра вже й тут, і там, і скрізь черкають крильця, а позавтрому вже цілісенький гай співа, щебече, цвігоче і вицвіркує, грухає, сокоче, турчить і квилить. Засинілось озеро, гурчить вода по ярах, струменем ллється з узгорок, шумує по тіснинках, гуде просмиками, дзвонить рівчаками. По полянках висипався ряст, по кущах виповняються розпуковочки, бростються дерева, гудуть чмелі, звиваються білі метелики… Скрізь оживчий вітрець провіває теплим подихом. А сонечко наче сміється та гонить: «Скоренько! боржій! мерщій! Поспішайся, поживай світа!» І не оглянувся, вже зазеленіли гаї, розквітли садочки.

І дорослій притопканій людині немов легше дихати, а дурненька дітвора і поготів празникує.

Празникував і я.

У роздолі межи чорноставською і дрочиловською пущею, у самій тіснинці збігав широкий та глибокий бурчак, а в березі, в кущах та в очереті, присмачали дикі качки і усякі водолюбки й водоплавки. Вишукав я тут качине гніздечко і дуже пильнував, щоб не втекли з моїх рук каченятка, бо вони аби ледвечко вилупились – ще скорупочки на хвостиках, – а вже урозсип зараз в очеретяний плав приснуть, та поти їх і бачив.

Треба було пильнувати ошамненько. Я не згірший мисливець, знав, що качка птиця вередлива: боронь Боже її полохать, коли хочеш, щоб вивела діти, бо сполохнеш, то вона і гнізда відцурається. Замислив я охитрувати вередуху і упридобив собі трохи оддалік схованку у калинових кущах, що звідти мені качине гніздо як на долоньці, та щодня, чи ранком, чи ввечері, а то і ранком і ввечері там уховаюсь і назираю.

Отакечки одного разу тулюсь я у тому калиновому кущі та любую, як моя качка то дрімає, то прислухає, то стихенька кублиться та обгортається, коли наче мене хто шторхнув: «Глянь у цей бік!» Глянув – аж близенько з очерету на мене блискотять чорні, як терен, очі і білі зуби… І чую, сміється:

– А чия тепер качка буде?

З цим словом вислизнув, як вуж, з очерету і опинився посспліч. Височенький, не дуже вмитий, босий хлопчик, чорнявий і кучерявий.

– А ти звідки? Ти хто такий? – питаю.

– А я Романець, – каже. – Солодкий.

– А не можна по панській пущі гуляти.

– А я ось гуляю, – сміється.

– А тебе зловлють! – страхаю.

– А поки що я нагуляюся.

– Качка моя! – згадав я.

(Був так зтропився, що й за качку забув.)

– Відкупив у Бога? – пита.

– Хоч не відкупив… я перш знайшов, – доводжу.

– А може, я?

– Я перш! – гомоню.

– А заплач, – кепкує, – та дуже!

Загомонів я, та й зразу й занімів: злякався, що сполохнув качку, бо щось немов шелеснуло.

– Стрепенула! – розпачую.

– Тут вона сидить, як врита, – запевня Романець. – Придивись лишень, сорочий дядько!

Придивився я – тут! Причаїлась, наче її нема, і чуйно прислуха.

Дихнув я вільніш…

– Почуває! – каже Романець. – Тікаймо швиденько, щоб наш дух їй не пах!

І відбіга геть у гущавину. Я за ним і знов наполягаю:

– Моя качка! Я перш знайшов.

– А ти коли знайшов? – пита.

– Аж на тому тижні, – правлю, – у четвер.

– А я, може, в середу, га? – сміється. – Та дарма: діждемо каченят, то якось поділимо.

– Я зараз піду додому, – лякаю, – та як скажу татові, що ти по пущі гуляєш… то…

– То зловите мене, та хутенько за мотузок, та зашморгом мене за шию, та навпростець до панського двору, еге? Ой, та й битимуть! Аж геть залунає! Чого ж став, як пеньочок? Не барись, бо втечу!

А я барюсь…

– Поспішайся, панський доглядачу, – кепкує, – а я поки що шургну у бурчак та поплаваю.

І шургнув. Плаває, розкошує…

І так якось прилучилось, що й я скочив до його у той бурчак…

Дізнав я уперше, що то за добро веселий товариш.

Показав він мені, як линь по дну іде, як щука карася ловить. І хоч плив я за карася і добре мене шарпано, а зроду такої втіхи не зазнавав[3].

Накупавшись, добували чмелиного меду, опорядили чудову вершу на жабенят, ставили сідла.

– Чому ти досі не приходив? – питаю.

– А може, я й приходив, – сміється.

– А знов прийдеш?

– Може, й прийду.

– А коли?

– Коли мене побачиш.

Та й зник у гущавині.

Я за ним. Де там! Як здимів.

Такий мене жаль узяв, що якби на дівчину, то б слізьми вмилася.

Але як нема ради, то мусиш, хоч і не рад, перетривати та сподіватись на краще.

Прийде! впевняю себе, прийде! Може, й завтра прийде, бо зна, що качки треба пильнувати. І сам казав, що за ніч у вершу належить такого жабенят, що й не полічити, а в сідлах трепехатиметься як не журавель, то бусля… Прийде!

А тим часом вже добре повечоріло, і галушки давненько закликали у хату.

– Ой дитино, як же ти спізнився! – каже тітка Мокрина. – І Катрі виглядаю: відколи пішла і досі нема.

А Катря увіходить.

– Ось і я, – каже.

– Вечеряйте, дітки; батько побравсь у дрочиловську пущу, то певно забариться.

Катря не вечеряла. «Трохи, – казала, – голова болить».

– Та ти біла, як хустка! – затурбувалася тітка Мокрина.

– От піду, сяду на провівку, та й минеться.

Сіла на ослінчику, коло хати, обняла голову і немов замерла.

А тітка Мокрина упада.

– Дуже, мабуть, головка болить!

– Ні, не дуже, тіточко… Вже й полегшало… Нехай ще трохи посиджу на провівку.

А я, вечеряючи, думаю: – чи сказати за Романця, чи потаїти?

Потаїв.

На завтра, ще на світ не благословилось, зібравсь з лавки та до бурчака, – може, Романець вже тут дожидає.

Нема.

Дожидаю. Вже порожевіло на сході, вже пташки почали пурхати, а інші й заспівали, а все Романця нема. Чи ж буде? І так я того Романця виглядав, що трохи за свою качку забув.

А може, той Романець насміявсь – видрав качине гніздо та й шукай тепер вітра в полі.

Метнувсь до калинового куща, ні, качка тут.

Та якось наче вже й байдуже мені за ту улюблену качку.

Заглянув у вершу, озирнув сідла, та абияк, не по-хазяйськи – поналазило жабенят – нехай і поналазило, нема журавля ані буслі – нехай і нема…

Блукаю, наче всі шляхи погубив, та ізмишляю, як би мені хоч почути за того Романця.

– Матвійку, чого се ти такий невеселий? – пита тітка Мокрина. – Може, що болить? І Катря кволиться. Горе мені з вами, дітки! Нездужаєш, чи що, голубчику?

Запевняю, що здоровий.

– А чому такий невеселий? Веселися, дитино, поки мога… Бач, яка весна в Господа, як славно в нас у гаю.

– У гаю краще, ніж у селі? – питаю.

– Краще, мій голубе, краще; пахощі тут, пташки… Ти мені не смутуй, мій єдиночку, ти мені щебечи…

– А чи ж, тіточко, правили, що нема кращого над батьківщину, – кажу. – Хіба забули батьківщину?

– То давнє, синочку… то минулося…

– А ви усіх людей у селі знаєте?

– Ще б то мені не знати!..

– А який там Романець живе?

– Романець? Який же то Романець, дитино? Хоч у шимки голову – не згадаю!

– А живе ж там Романець… Солодкий – чи що.

– А я питаю, який Романець? Петра Солодкого хлопчик! Що то старе: того не згадає, друге забуває…

Та ті Солодкі були колись наші сусіди близькі. Два хлопчики в їх. Меншенький Романець, а старшенький – Дорош. Такі жваві, славні хлопчики. Я зазнала їх, як ще були такі, як вузлики, а позаторік стріла Дороша у сестри – вона йому хресна мати, – то й не пізнала – парубок, як орел! А Романцьові, мабуть, на десятий рочок береться, а то й на одинадцятий… Жили вони, як і інші люди – не приділив Господь нам розкошувати, – та вкупі-таки, у своїй хатинці. Коли ж несподіване лихо: якось пан перестрів Петра і дуже його вподобав – був Петро такий вродливий, що й не сказати – високий, стрункий, гнучкий, укладний. Не дурно сказала його теща, як він сватав дочку: «Ой, сей ріс у великому лісі, та ще й при воді!»…

– То пан дуже його вподобав? – перехоплюю, бо мені не до тещиної розмови.

– Вподобав, вподобав… «Ти що за один?» – пита. – Я – Солодкий, пане, Петро. – «У двір Солодкого Петра, до коней»… Взяли їх у двір, – і яке було хазяйствечко, мусили вони занедбать. Років ізо два керував Петро панські коні, та й докерувався, що його копитами на смерть потоптано. Скоро по йому занепала і жінка – дуже засумувала, чи що, – далі стала вона якась непритомна та незабаром і вмерла, а всиротілі діти зосталися у дворі. Така-то їх доля гіркая.

– Хіба ж дворак на прикові? – кажу. – Хіба йому не вільно інколи погуляти?

– Ой дитино, бодай ніхто не зазнав такого гуляння! Немає гірше так нікому, як тим нещасливим, мовляв, попихачам: тудою біжи, сюдою поспішай, сьому подай, тому принеси; один лає, другий нарікає, третій карає… А пожалувати нікому! Сказано: пригладь голівки не знайдеться, хіба пробий голівки… Такий-то жаль бере, як згадаю тих сиріток… Так би, здається, і пригорнула голуб'яток… Недавно, кажуть, взято Дорошка до панських покоїв – вродливий, в батька вдався, – то й зовсім вже бідолахам світ зав'язали: було важко, було гірко, а таки удвійзі…

– Заждіть, тіточко: Романець до нас прийде!

– Як то прийде? – питає. – Ми ж у лісі…

– Та що, що в лісі, – кажу. – Він прийде…

– Ой дитино, що се ти видумуєш! Хіба ж не знаєш, що…

– А він таки прийде! – правлю.

– Крий Боже! Хай Господь боронить! Ще застукають.

– А ви його сховаєте?

– Ой дитино…

– Сховаєте? Сховаєте! Сховаєте!

– Та годі вже, пустаче…

– Сховаєте! сховаєте!

Обхопив стару обіруч – хоч певен вже, що сховає, а ще заглядаю у пригаслі ласкаві очі.

А вона чи відсува, чи прихиля мене, стихенька кажучи.

– Бач, свавольничку, трохи не звалив стару тітку…

Та додає:

– Як се ти прочув про того Романця?

Чи ж признаться?

Та ніби у жарт, ніби у правду, кажу:

– Я його бачив…

Гулявся з ним…

– Оце так мене піддурюєш, синочку? Чи ж годиться?

– Гулявся з ним!

І все так, що ніби й правду кажу, і ніби жартую.

– Бач, вимислівчику! – сміється стара (а проте трохи й неспокійна). – Та добре, що розвеселивсь трохи…

Біжи та бався, серце. Та щоб ти мені більш не смутував… Ой дітки, дітки! горенько мені з вами. Примогла б, серця вколупнула та дала, а нічого не вдію, несила моя… Оце Катря кволиться та кволиться – відколи вже голоса її не чутно, занепала, а яка була повновида, співоча… Була швиденька, як вітрець у полі, а стала тиха, наче зстаріла…

А я своє:

– Тіточко, по надобі ми Романця сховаємо на горищі, еге?

– Та годі ж пустувати, Матвійку!

– Він, мабуть, завтра прийде…

– Журиш, хлопчику, стареньку тітку!

– Тіточко-любочко, а ми ж його сховаємо?

– Тікай, бо зараз бити буду! – удає тітка.

А я вже певен, що по надобі старенька сховає Романця і не заборонить нам гулятись. Аби приходив!

ГЛАВА IV

Проте минають дні, а Романця нема. Спершу я журився, а далі став привикати, а ще далі й забувати.

Минуло, може, тижнів ізо два, а то й більше.

Одного вечора, вже на смерку, надумав я за озеро. За озером, на проліску, поза старими яворами, росла чудова ліщина. По ту ліщину я й брався, бо на завтра вдосвіта замислив наловити риби. Робаків же накопав цілісеньку торбинку, до того мав аж три гапличка з тітчиної корсетки, а такі, що й сома б вдержали. Не бракувало мені й дроту – хоч він трохи взявся іржею, а був ще такий уробний, що я з його гачки майстрував, наче млинці пік. А як до того добра конешне треба тонкої, а рівненької ліски, то хоч і далеченько, а мусив до проліска по ліщину.

Спізнився я, пораючись коло свого ножика. Як в батька порепалась на шматки стара коса, то я змайстрував собі славний, довгенький, кінчастенький, а держальце з липини. Треба було так його насталити, щоб не те гілки, щоб волосочок перетинав.

Поки насталив, і зорі почали висипатись. Іду стежкою. Місяць на уповні і така ясна посвіта, що на стежинці хоч голки збирати. І тиша – наче кожнісенький листочок, кожнісенька билиночка спочива.

Коли враз – шелесть, шелесть… Щось попередо мною з гущавини на стежку чи випало, чи вилинуло і повіялось, як на крилах…

Аж поточивсь я… а схаменувшись, у тропи…

Та зникло воно, наче й не виявлялось. Спинивсь я та вже і не зважуся, чи йти по ліщину, чи не йти. Збігло мені на думку, чи не лісовничку я вгледів, бо здалося мені, що віялась попередо мною неначе дівоча постать – гнучка та висока – і миготіло щось біле, а знав я, що лісовнички огортаються біленькими плахточками, самі холодні та біленькі, як сніг, тільки коси зелені.

Постояв, дожидаючи, може, знов уявиться, та не діждавши, побрався додому. Іду стиха, зупиняючись та оглядаючись. Знаю, що лісовничка не зла личина – аби ти її не займав, то вона тебе зроду не зачепить… А проте серце тенькає.

Тиша і пусто.

Хоч іду стихенька, а таки йду, і ось вже наша загорода, коли схаменувсь, що ножика загубив, – мабуть, як пустивсь за лісовничкою, бо, ішовши по ліщину, мав його в руці. Повертаю назад і теж не дуже поспішаюся, бо серце таки невгаває, тенькає. Не дійшовши того місця, звідки зірвався на довідку, бачу здалека, блискотить на стежці мій ніж.

Коли знов шелесть-шелесть…

Скаменів я і очам своїм віри не йму – устріч мені Катря!

– Катре, се ти?

Спинилась.

– Я, – каже. – Не пізнав?

– Де ти ходила?

– А я, – каже, – недалечко. Загубила намисто вранці, як ходила до озера прати… то все шукала.

І Катря – й наче не вона: очі якось запали і такі великі-великі…

А біла! Коли б не брови темною смугою на чолі, сказав би, не жива істота, а з крейди.

– Знайшла? – питаю.

– Знайшла, – одказує, беручись за намисто – ось… А ти де ходив? – пита.

– Я брався по ліщину, тудою поза старі явори, на пролісок, та мене щось дуже налякало.

Розказую, яке мені учуялось…

Слуха, не озиваючись. Питаю, чи коли бачила лісовничку. Ні, ніколи не бачила. Як вже доходимо нашого дворку, вона мені каже:

– Не нагадуй тітці за намисто… Нема чого… бо знайшлося.

– Добре, – одказую, – не буду нагадувати. Хіба тітка сваритиметься?

– Ні… а таки не нагадуй.

– Не буду.

Тітка, упоравшись, сидить на хатньому порозі.

– Славно погуляли, дітки? – питає.

– А славно, – одказує Катря.

– Головка не болить, Катрусю?

– Не болить… Тільки втомилась я дуже… спати хочу…

– Та й час вже, голубко. Ти ж цілісенький день то полола, то сапала… Ще б то не втомитись! Ти як візьмешся працювати, то й рук не покладаєш, здоров'я свого не шануєш! Де твої, дитино, рум'янці? Ти ж в мене була рум'яного личка, а тепер як хустонька біла…

– Се так вам здається, тіточко… се від посвіти… дуже місяць світить.

– Ой голубко, шануй здоров'ячко! Бо, не шанувавши, сама змалиш собі віку…

Полягали спати.

Того року Господь таке тепло дав, що ми трохи не від Великодня спали, як то кажуть, вітерком оплетені, а небом укриті. Недалечко хати була така чималенька, а придобна устронь, що липина обросла її, наче устінню. Дуже любив я тут ночувати. Засипаю, а понадо мною розискрюється зоряна Дорога, блискоче Віз, сяє Чепіга. Пахне вітрець, дихає, і думки усякі, і гадки. І заснеш, наче хто тебе заколише. Але того вечора чогось мені не спалось, тільки дрімалося. Роздрімаюся, та разом і прокинуся і знов дрімаю, а не засну, хоч зшивай очі.

Отак лежав я, мабуть, довгенько, коли щось мені почулося – якийсь ледве чутний чи порух, чи подих. Насторожився, прислухаю. А така ясна посвіта, що темна липина аж сяє. Знов чується. Підводжусь – чи не лісовничка?

А се Катря – заросилась сльозами, зчепила рученята та наче умліває з жалю.

А де вона ходила? Шукала, каже, намиста на кладці. Понад кладкою старий явор, як намет – хоч ясна посвіта, там темно. І похвалялася тітці, що славно ми нагулялися, нібито вона зо мною… і заказала говорити тітці за намисто.

– Катре! чого се ти?

Стрепенулась і шептом промовила:

– Тихо, Матвійку, тихо, не збуди тітку… Се я того, що в мене голова болить. Спи, братіку, і я спатиму…

– Катре! – покликав.

– Дай мені покій, Матвійчику, – одказала, – я дуже спати хочу.

Що тій Катрі сталося? – думаю. – Нехай тяжко голова болить, а таки дорослій дівчині плакати такими ревними сльозами не припада. Не виніжена вона: як торік, колючи тріски, зсікла собі руку, що кров аж ревнула, то більш вжахалася і охала тітка Мокрина, а вона її вговоряла та жартувала: «Дарма, тіточко, хоч воно трохи й болить, та на розум мене наставляє. Знатиму, що сокира не прийма іграшок – як нею орудувати, то треба дивитись у дві оці»… І невередлива вона: як нездужала – нездужала важко, всенька горіла, як вогонь, стала тоненька, як ниточка, – а і разу не застогнала.

Начудувавшись, вже став я й засипати, коли заграла труба по лісі. А трубою панські посланці викликали батька. Чого ж се його викликають опівночі?

Зірвалась тітка, бачу, й Катря схопилась. Чую, скачуть і спиняють коней коло нашої хати. Тітка обхопила мене, не пускає. Таки я вибрався – на коні Іван Жменя, старий дворак, панський улюбленець, а за ним ще четверо двораків кінних.

– Гей, лісник! – зіпає Жменя.

– Іду, – озивається, надходячи, батько.

– Шукаємо Солодкого Дороша – не бачив?

Серце як не розбило мені грудей – мого Романця старший брат!

– Не бачив, – одказує батько.

– Втік вчора на смерку. Бачили його недалеко, коло пущі. Певно, тут десь ховається. Шукаймо…

– Ти, Микито, – приказує парубкові, – зоставайся тут коло хати, пильнуй коней. Та щоб мені не дрімав! Чув, що пан казав?

– Чув.

– Пам'ятай добре!

Тим часом прискочило ще троє у дворацьких чемерках, з дубцями, з мотуззями, – дохожалий дворак і двоє молодших.

– Шукаймо! – загадує Жменя.

– Шукаймо, – одказує батько.

Та й розсипались по пущі.

Вже світає, а в пущі ще змрок. Чи вишукають?

– Ходім, тіточко, у хату, – каже Катря, – зарані обід зваримо…

Глянув я на ню: Катря як повсідень Катря, – може, трохи бліденька – порається в хаті, звивається по надвір'ю, біжить до криниці по воду…

– Оздоровіла головка? – питаю.

– Оздоровіла, – каже.

Тітка, не дочувши, та до мене.

– Чого питаєш, Матвійко?

– Пустує, – відказує за мене Катря, – щось давнє згадує.

Тітка, що все шептала, благаючи милостиву Пречисту, трохи насмілилась.

– Здоров, Микиточку! – підходячи до парубка та сідаючи коло його на ослінчику. – Чи давно тебе взято у двір, голубе? – пита.

– Вже третій місяць у дворі, – одказує Микита.

Такий здоровий, гарний парубок, тільки дуже невеселий.

– Не звик ще? Сумуєш?

Наче недочув.

– А мати давно бачив?

– Давно.

– Усе нездужає?

– Нездужає.

– Горенько наше! так вже, мабуть, Господь придpoints lив…

От нещасливий той Дорош… Як се його лихо спіткало? Розкажи, серце…

Він і розказав.

– Не вгодив Кучеренковій Оксані, що тепер господарює на дівочій виспі, – розказує. – Позавчора приніс їй від пана якісь ласощі, та й кинув, як собаці, а вона у плач. Дізнався пан: «Як ти насмілився, мурло? Перепроси!» Не перепросив… Вранці його покарали і не так, щоб сильне, а він підвівся та й знов упав… Спіжарний Юхим казав: «Нехай трохи облежиться під стайнею у холодку»… Лежав там аж до панського обіду. Кличуть його до покоїв – він при панськім обіді віяв липовим гіллям понад столом, – не йде, шукають – нема. Спіжарний вже послав Дмитра Панченка. Пан наче не завважив: були гості, і обідали, і вечеряли. А Дороша все нема. Як випровадили гостей та дознався пан, що не знайшли Дороша, то наче сказився: «Щоб достали його живого чи мертвого».

– Достануть! – промовила тітка Мокрина. – Як йому, нещасливому, сховатись! Знала я його ще отаким узличком... Було прибіжить до нас: «Де Катря?» Пам'ятаєш, Катрусю?

– Пам'ятаю, тіточко, – одказує.

Впоралась і тихенько сидить собі трохи оддалік.

– Молоденька та Оксана, а як вже згадючіла, – править тітка Мокрина. – Скарає її Господь... Давно ж її взято?

– Тижнів, може, два, а то й більш.

– А Тесленкову Варку вже викинуто?

– Ні, і Варка на виспі, і Бондаренкова Ївга. Там їх аж три...

Розпитує тітка Мокрина, розказує Микита, а всі прислухаємо. Тихо в тій темній пущі і, здається, ось-ось звідтіль почується голос і гомін... Вже й зоряється – тихо. Вже й на день благословилось. Ранок в Господа ясний та веселий, наче сміється. От, здається, шмер... от ніби зашорошило... от-от, здається, тут вони... Ні... Знов прислухаємо. Чи то лист, чи то... Та й ізводило ж те прислухання!

Тихо. Тільки птаство пурхає, співа та щебече, та поранній вітрець ледве шелестить листом.

Минає й ранок... Вже й по півдні...

– Їдуть! – промовив Микита.

Чуємо... Ближче та ближче... От Жменя, от його помічники, от батько...

Не знайшли! Не піймали!

– На коней! – гримнув Жменя. Зизнув пугою, та до батька:

– Ти за нами слідком!

Попростували до панського двору. Батько побравсь за ними.

Тітка, що почала хреститися, дякуючи Пречисту, і хреста не звела: не минеться лісникові, що пущею втікають!

– Ви, діточки, не бійтесь… не журіться, – ледве з жалю промовляє, а нас тішить, – може, пан і змилується, може, подума: як його лісникові знати, як вгледіти… Пуща велика… Хіба ж так не бува, що якось… Мати Пречиста заступить…

А сама незчувається, що сльози старе її обличчя росють.

– Мати Пречиста милосердна… А якщо спостигне кара, то перетерпимо… Перетерпимо, діточки, бо хіба ж ми тільки терпимо? Усі… скрізь… Усі… скрізь…

– Годі вже, тіточко, – промовила Катря.

Вона, Катря, не плакала. Сиділа нерухомо у куточку.

А я побрався до того старого дуба, що стояв на окрайку, та з верховини дивлюсь на панську садибу. Може, його вже карають, думаю, а може, ще тільки ведуть, а може, він стоїть перед ґанком, дожида, поки пан прокинеться, бо пани вчора бенкетували, а по бенкетах вони часом всипляють аж до вечора… І уявляю собі, як виходить пан, як гримає, як батька ведуть…

Коли йде він… іде батько.

– Тато, – кричу, – тато!

Нічого не питаю, тільки дивлюсь йому в вічі.

Він зняв мене з дуба.

– Мабуть, давненько виглядаєш батька, – каже, – аж з лиця спав.

А я все дивлюсь у вічі.

– Ні, синку, не катували. Тільки дурно продержали, – каже.

А тут надходить Катря – теж недалеко, мабуть, була.

– Поки що усе гаразд, дітки, – хвалиться батько, – панові не до мене: іменинник він сьогодні, то празникує свого святого та гостей вітає. Там такого гостей, що й не злічити.

Пречиста Мати заступила! – хреститься тітка Мокрина. – Дякувати Господеві!

ГЛАВА V

Пани бенкетували та бенкетували. По батька не приходять.

Минає тиждень, минається й на другий.

– Забули! Заступа Пречиста! – тішиться тітка Мокрина.

Одно, що тітка впова на Пречисту, а друге й те, що людина, кажуть, і в пеклі звикає, а звикне, то не метушиться. Немов заспокоювалися і ми.

Розляглася чутка, що пан свата, чи вже висватав якусь генеральську дочку. Пан вже давненько удовів – покійна пані була, славили, тиха і плохенька, атаки не викрепила, мусила від його втекти і десь на чужині вмерла; при йому жила і хазяйнувала його старша сестра, теж удова. Була та його сестра вже підтоптана – пасок, мабуть, із сорок з'їла, а проте здорова, як лось, пиката, боката, шати дорогії, на пучках, на грудях золото, вирла блискучі, а голос… Як колись приїздила в пущу з гостійками панночками по проліски, та послала зап'ятника привести тітку Мокрину і питала, де найкращі квітки ростуть, то тітка довгенько іздригалась, згадуючи той її голос…

Забули на той час і за Максимову Орисю. Навідала вона Катрю, то й не пізнати веселу щебетушечку – очиці якось пригасли, устоньки зблідли.

– Зстаріла ти, голубко, – каже їй тітка Мокрина. – Мабуть, ще не оздоровіла?

– Оздоровіла, – одказує, – та живу наче в Божій карі – все боюся, що знов візьмуть.

– Ти ж давно засватана – повінчатись би вам.

– Як його повінчатись, коли боїмось за себе нагадати та тільки дурно смажу собі голову. Приходили до нас черниці на церкву збирати… міркую та міркую… то я вже подумала: піду у черниці! та все не зважаюсь – жалко дуже… – та й вмилася сльозами…

– Зажди, голубко, – каже тітка Мокрина, – от, славлють, пан висватав собі панночку, ожениться, то, може, жінка…

– Та що, що ожениться. Хіба не було в його жінки, як узяли на виспу Омельченкову Мотрю і Самусеву Настю, і Коваленкову Одарку, і Горленкову Ївгу? Так, кажуть, по двох і брали.

– Еге ж, по двох… Тоді й пані втекла… плохенька була… Може, ся не така буде… А ти, дитино, такеньки не смутуй… Може, Пречиста й заступить…

Та й зупинилась стара: огунули дівчину сльози та такі, мабуть, пекучі…

Отак, виглядаючи чужої і своєї напасті, діждали ми Зелених святок. Я вже нагледів славні виростки на клечання і такі дві улюбував, такі дві…

– Завтра, як трохи звечоріє, – каже мені тітка Мокрина, – то ми поберемось з Матвійком по зілля. Поберемось аж за Холодний Яр – там такий славний чебрець, повний та пахучий, що й не сказати. Там недалечко і аюр… А ти, Катрусю, назбираєш у городі повнячків, м'ятки, васильків тощо… ти з нами не йди, не втомляйся – бач, ти така, як з хреста знята…

Спершу не вважав я на той тітчин клопіт, бо стара трохи звикла клопотатись та турбуватись, а далі і я укмічаю, що й справді не та вже наша Катря, що була. І спокійна, і привітна, і робоча, та не та. Скаже тітка: «І голосочка твого не чутно, і не всміхнешся ти», то вона й всміхнеться, і заспіва, та не той усміх, не той голос. Щось таке їй сталося, а що – не второпаю. Все вона, здається, в думках та в гадках. Дивиться, а наче не бачить; озвися до неї, не чує, а почує, то наче не розбере; все немов прислуха; аби десь не те грукнуло, шелеснуло, – стрепехнеться, як сполохнута пташка; біжить по воду або там по що-небудь, та разом і забуде, кудою й по що поспішається. І змарніла дуже. Завважав, мабуть, і батько. Якось пита:

– Нездужаєш, дочко?

Не признається.

– Я, тату, здорова.

І на сей раз не призналася. Тітка Мокрина каже: «Ти, дитино, як з хреста спущена, не йди», а вона:

– Піду, тіточко, піду… Що се ви… Да я здорова, як та риба на глибині… Що б то мені не йти по зіллячка! Таки без мене і не знайдете, де найкраще росте…

От так розмовляємо, сидячи коло хати у затінку, – а день парний, дрімливий, сонечко парить, наче з-за туману. Перед очима гаєві дороги, то понад ними немов куриться, і скрізь такі гаєві пахощі, що аж на голову важко… Коли дивимось, щось зачорніло на дорозі з Степових Хуторів. Ніби хтось до нас простує. Ближче – чорниця, і до нас завертає. Затурбувалась тітка Мокрина – звісно, в крепацькій статі усе страха, усього боїться.

– Вкрий, Пречиста! Чого се вона до нас береться?

А вона вже коло хати.

Похода легка й бистра; сама висока, хоч би й парубку, а так у чорні завивала позамотувана, що тільки зористі іскраві очі блищать.

– Спаси, Господи!

Голос тихий, немов придушений. Тітка Мокрина вітає, просить до хати:

– Мабуть, втомилися дуже? – пита. – День Господь дав скварний такий…

– Ледве дихаю, – промовляє чорниця.

Та до Катрі:

– Дівчино, дай мені водиці напитись.

– Катре, витягни свіженької. Та хутенько, дитино! – впада тітка Мокрина. – В нас водичка славна.

Катря до криниці, а чорниця за Катрею услідок.

– Треба їй сприяти, – клопочеться тітка Мокрина, – чим її шанувати? Чорниця-то постує, а рибки, як на горе, нема…

А чорниця п'є – не нап'ється.

– Вона, мабуть, вже цілісіньке відерце вицмулила, – кажу, – та все цмулить.

– Чи тобі жалко Божої водиці, Матвійко, – уріка тітка Мокрина. – Хай собі п'є на здоров'ячко. Є в нас трохи медку, то оджалуємо їй медку, а паляничка свіжа.

Дістала тітка Мокрина з скрині калиточку, відлічила десятку, ставить мед на стіл, несе паляниці, та дарма заходу – чорниця, досхочу напившися водиці, подякувала і ні до чого не доторкнулась: дуже, каже, поспішаюся – спізнилася, бач, а дорога несвідома. Йде з-за Опанасовки у монастир.

– Там вам було з Степових Хуторів звернути на Кривчуки. Дурно ніженьки притомили, – жалкує тітка Мокрина. – Вам би у Степових Хуторах розпитаться дороги.

Вона, каже, розпитувалась, та якось, мабуть, помилилась. Казали звернути через лощинку, а вона якось лощинку тую проминула. І просить:

– Будьте ласкаві, скажіть дівчині, нехай мене проведе на окрай пущі, щоб мені знов не блукати. А може, яка ближня стежина є? – пита.

– А є така стежина, – каже тітка Мокрина, – а там знов стежиною, повз Криву Балку, устронна… Проведи, Катре, та добре розкажи, дитино…

А в Катрі по личику, як жар, очі світяться.

– Добре, тіточко.

А чорниця:

– Ой не барися, дівчино, не барися! Проводь. Хутенько, бо дуже я поспішаюся…

І зникла з Катрею поза зеленими купами.

– Не встигне до змроку, – каже тітка Мокрина, – чорничка, добре, як пізненько доправиться, бо монастир той далеченько, а дорога несвідома… стежками… З Глуховки там знов аж тричі звертати… А сонечко усе нижче та нижче… Час би й нам братися – зарані б зілля набрали… Коли б же той двірський посланець не дуже барився, та забрав те панське зілля. Здається, гарненько я його перетрусила – самісінька найкраща травичка, казав Жменя, як найдуться корінці або яке сміттячко, то не подякує… Ой, не подякує… Здається, травичка немов шовкова, м'якенька, свіженька, а хто його зна… – знов почала переглежувать ту панську травичку.

– Ой, коли б же той посланець не барився, – зітхає. – Здихати б мені ту травицю, а то раз у раз заглядаю та мацаю, – а чи м'якенька, а чи зелененька… Трохи й обридло…

– А як у двір візьмуть та не вподобають, – кажу.

– То нехай… я тим часом трохи відпочину… Дякувати Господеві, – чи се не посланець простує? Еге ж! Данилко Кальниченко!

– А ми тебе, Данильчику, виглядаємо, як рідного батька.

– Ось я й тут, – каже Данилко – такий був жвавий, чорнявий та кучерявий парубок.

– Що ж там у дворі, Данилочку? Чого сподіваєтесь?

– А хто його зна, – одказує, – що буде, то буде. Більш копи лиха не буде – нехай з копу.

– Не чутно за Дороша?

– Ні, – наче у воду впав. Казав справник: «Таки вишукаю», та ще не вишукав.

– То всі ви там живенькі?

– А поки що живенькі, що буде далі, побачимо. А щось, мабуть, буде, бо десь подівся Грицько Очеретний, а з ним і Бондаренко Савко.

– Боже мій! – сплеснула руками тітка Мокрина. – Втекли?

– Позавчора пан послав Грицька у містечко до Янкеля по рушницю і по той возок – по ту штучну панову бідку, а його й досі нема. Питали Янкеля. Забрав рушницю, запрягся у бідку, та й побравсь, каже Янкель. І бачив, каже, як він за дібровкою зник, – бо як Янкель в кінець містечка живе, і йому далеко по дорозі видно... А Савко як поніс у Грайворонське панові лист, то й досі несе... Справник запевняє усіх, – запевняє, вишукаю і на залізній мотузочці приведу. От, казав, тільки справлюся у Кривчуках та й за ваших візьмуся. А в Кривчуках щось таке дуже чудне діється, – якісь розбишаки уявилися і панський двір зруйнували, чи що... Бувайте ж здорові, бо Жменя не любить, як хто де забариться.

– Щасливо!

– Мати Божа милостива! – журиться тітка Мокрина. – Заступнице! Втекли. А кудою втікати? Скрізь однакова напасть!

– Хіба не можуть так добре заховатись, що й не знайти? – кажу.

– Ти, маленький нерозсудо! Тобі ще й очима не осягнуть хрестьянського лиха...

Та й згадала:

– Онде сонечко. Чи не час нам по зілля? Та чого се Катря так бариться? Гукни, Матвійко.

Гукнув – не відгукується.

– Біжи, Матвійку, та поклич. Мабуть, та чорничка: проведи та проведи далій, а вона й слуха…

Я льотом долетів до гайового окраю – нема. І по стежині аж до Холодного Шпиля – не видко. «Оце нуда, думаю: треба аж на шпиль махнути».

І вже стрепенувся я залускотіти, коли чую, щось жебонить недалечко, праворуч. Прислухаю – жебонить щось поза спорохнялим деревом, де поп'ялась усяка чепиця. Я тудою. Чорничка з Катрею стоять… і так тісненько стоять і за руки держаться. І добре я розгледів чорничку: (трохи вона розхрісталась, і чорниче завивало посунулось з чола) уста, як вогонь, червоні, і над устами, як бува у чорнявих дівчат, темною смужкою пушок, очі, як свічі… і такі мені ті очі знайомі…

Сполохнув неначе: чорничка метнулася за межи чепицею – хміль, дерезу, терен, павутиння як ножем проняла і зникла. Дивлюсь на Катрю. Чи вона сміялася, чи плака¬ла, чи злякалась, чи зраділа. По личку, як полум'я, і не вільно їй, здається, дихати.

– Тітка кличе, – кажу.

– То ходім скоренько, – відказує.

– А чого вона досі стояла? – питаю, ідучи.

– Хто? – пита.

– Тая чорниця. Так поспішалася, а тут…

– Втомилася дуже…

– А чого тебе за руку держала?

– За руку? – немов дивує.

– Авжеж…

– Се тобі виснило, братіку…

– Бачив! – наполягаю.

– Оце реп'яшком узявся! – жартує.

– А я таки бачив! – наполягаю. – Добре бачив!

– Нехай і бачив, реп'яшок ти мій любенький. Хіба ж тобі те шкодить?

І стихенька обійма мене за шию рукою.

– Хіба тобі що шкодить? – перепитує.

– Мені нічого те не шкодить, – одказую.

– То й покинь за те думати…

І знов мене любенько притуля до себе…

А тітка Мокрина вже устріч вийшла.

– Як же ти забарилася, дитино! – каже. – Мабуть, далеко проводила?

– То поскорімось по зілля, – одказує Катря, – сонечко вже низенько.

– Ти б, Катрусю, так далеко не бралася, – знов почина тітка Мокрина, – втомишся, голубко.

– Та я, тіточко, така здорова, як тур у горах! – жартує Катря.

– Де вже там! – зітха тітка Мокрина, – ти така, як…

Глянула та вже не сказала: «Як з хреста спущена», бо дівчина стояла, немов повна рожа в променю – може, й хмари купчаться близенько, може, й поморозь недалечко, а вона поки що пишається. І така вона пахуча та розкішна.

Проте спинила:

– Не хвалися, дитино, бо не гаразд хвалитись. Скажи: «Дякувати Господеві, трохи ніби ульжило», а хвалитися не треба… бо як в недобру годину похвалитись, то можна й спокаятись…

– Я, тіточко, не врічлива…

– Не жартуй тим, серце… Ходім вже, коли йти…

Як все те давнє устає перед очима! І той давній тодішній вітерець на мене дихає, і той промінь тодішній мене гріє… Не копа вже років минула, як я йшов тою рідною пущею, збігав у той яр, у яровий змрок зелений, – лиснилися криничовини, а холодок, пахучий та ласкавий, наче жалував.

Назбирали зілля, нарубав я клечання. Та чи зілля збираю, чи рубаю клечання, не забуваю чорницю і очі її огневі… З думки не йде…

І спати полягали, і поснули усі, а я все смажу собі голову: де я тії очі іскристі бачив?

ГЛАВА VI

Скоро по Зелених святах перечули ми через Максима, що з двору втекло ще двоє – молодий парубок Ївко Бартош і Кривохижка Влас, вже підтоптаний дохожалий чоловік, покинув недужу жінку.

– Господи милостивий! – жахається тітка Мокрина. – Куди він, старий, подрався? Хіба де лучче знайде? Чи ще не гірш буде!..

– А може, так думав: хоч гірше, аби інше, – догадується Максим.

– Що та бідна жінка перетерпіла! Покинув.

– Еге. В його жінка добра – сама, славлють, йому нараяла: «Тікай, друже, щоб мені на твою муку не дивитись та легше помирати».

– Та, здається, його ж ще коли карано, – згадує тітка Мокрина, – ще, мабуть, на пущення, і не втікав, ніби й не замірявсь, – бо я його якось бачила – приходив до Левка по обіддя. Піклувавсь, що жінка нездужає, казав, неодмінно треба йому собі кобеняк справити… за лихо й не нагадував.

– А трапляється так часом, що за давнене лихо чоловік не нагадує, гне обіддя, приміряється кобеняк справляти, та зразу і втече… наче його вихрем винесе, – чи жартує, чи кепкує Максим.

Він тоді саме косив у нас в лісі – були такі в пана улюблені сиві коні, що нібито мусили вони живитися гаєвою травицею. Не дурно ж кажуть, що пани, як дурні, – що схотять, то й роблять, – то в нас він днював і ночував, і, примічаю, усе він ніби з батьком радиться. Оце по вечері як посідають де-небудь оддалік, то зорі висиплються і попригаснуть, а вони все розмовляють. Ми спати полягаємо, а розмова все точиться. Батько свого доводить звичайно спокійненько, а Максим як почне – упевняє, вговоряє чи що, то часом зопалу аж крикне.

А мої цікаві вуха трохи не розпадаються, так наструнчую, та ба! Не приймають мене до кумпанії, – аби підсунувся, став прислухати, зараз: «Іди, Матвійку, по те або погляди там або тут». Я незабаром второпав, що мене поки що не завітають, вже не наближався і, своєю уразкою не хвалячись, потлумив жаль.

А проте я таки дещо почув… деякі летючі слова поперехоплював…

– Оце улеву – дощу сподівалися, – каже Максим батькові, – а та градова хмара обминула нас далеко.

«Нащо йому та хмара», – думаю. Бо ж добре я чув якось, як він казав батькові: «Якби нахмарило».

Того дня, що Максим впорався з сіном і мусив братись додому, трохи зарані ми сіли вечеряти. А ніч видна-таки, у хаті всі кутки світяться. Коли грюк – аж у двері Мелася Чубатка, Овдія Чубатого, дрочиловського лісника, чепурненька жінка – молодиця вручна, кругленька, як цибулька, бистренька, як метелик… Вона не дуже до нас вчащала, а як вже коли одвідає, то певно цілісенький глек брехеньки розіб'є. А свіготка! а лепетлива! а дроботуня!

– Здоровенькі були, повечерявши, – вітає. – Я до вас на хвилиночку, бо дуже поспішаюся додому – там в мене такого діла, що аж голова біла; та ще й не знаю, як його поночі йти… Казала чоловікові: гляди ж, неодмінно прийди до зовиці – я, бачте, зовицю Стеху одвідувала, – та проведеш мене додому, а він не прийшов… горе мені з ним! То вже до вас забігла… Біжу, та так боюсь, так боюсь… Боже!

А батько й каже:

– Хіба вас яке вовченя налякало?

– Ой, не кажіть! Ви тут сидите у своїй пущі і нічого не чуєте, а там таке робиться, Мати Божа! Не знаєте, що діється у Кривчуках? Боже свідче!

Та аж рученьками сплеснула.

А тітка Мокрина зараз допитуватись:

– А що ж там у Кривчуках, Меласю?

– Ой, і спом'янути страхаюсь…

Та вже від вас не потаю. Ой, Боже ж мій милий! Боже ж мій добрий!

– Та розказуйте вже, серце, розказуйте, – просить тітка Мокрина. – Що там таке? Яка напасть?

– Ой, напасть, напасть…

У п'ятницю кажу я чоловікові: надумалася, кажу, у Кривчуки одвідати куму Зозулиху. То що, одказує, як надумала одвідать, то й одвідай. Я ранесенько і побралась. Кума так мені рада, що господи… Заночуй, просить, кумцю, бо мені самотненько, – її чоловік, знаєте, мабуть, як восени втік, то й досі нема, – я й заночувала. Се позавчора, а вчора вранці заходжуюсь додому, коли гульк у хату кумина сестра Оришка, панська покоївка, та така, матінко, вилякана, аж труситься. Бачу, хоче щось оповістити і варується. Не бійся, любко, вговоряю, кажи усе чисто, бо зо мною поговориш, то як у піч укинеш… Тоді вже вона усе чисто розказала… Ой, Мати Божа! І розказувати боязно! Та вже від вас не потаю, а ви ж нікому в світі… Оце ж у ту-таки п'ятінку, що я до куми вибралась, панство опівночі повечеряли. Пан книжку став читати, а пані сіла проти дзеркала і загадала Оришці кучері їй у папірчики завивати. Округи тиша – звісно, опівночі… Коли щось близенько як затупотить, як затупотить… «Що се тупотить, – каже пан, – наче хто конем у двір в'їхав. Та до вікна, дивиться. А пані йому: «Ти не жив, як не вимислиш абияку дурницю! Хто б то мав уночі приїхати?» А тут як загуркотіло, затуркотіло, загримало, загаласувало по покоях – боже світе! Та у двері гості! Та аж семеро, матінко. А за ними ще семеро, та ще, та ще… Безліч… та усі, як орли, та усі, серденько, узброєні аж по вуха… Списи такі страшенні, шаблюки, рушниці, самопали… а ножі, а сокири…

– Се вже Оришка передала, мабуть, куті меду – щось засолодке! – каже Максим.

– То ви такий неймовірний, – трохи усердилась Мелашка, – на свої очі бачитимете, то й то віри не доймете.

А тітка:

– Та ну ж бо, Меласю, розказуйте, розказуйте.

– Вхопили пана й пані, скрутили, кинули долі, та як почали господарювати, як почали… Боже світе!

– Вбито? – скрикнула тітка Мокрина.

– Ой, трошечки, трошечки що не вбито… трошечки… і покойових дівчат поскручували, і всеньку челядь… Один скручує Оришку та приказує: «Гляди ж, чорноброва, лежи мені тихо, бо як поворухнешся, то вже не кажи: моя мамо, – я тебе замордую!» Приказує та приморгує, серце, та сміється, а погляд, як блискавиця. А вуси такі страшенно довгі, що як нахилився її в'язати, то вони по чолі лоскочуть… Зав'язує їй вуста та ще наче жартує: «Чи дихаєш? – пита. – Бо шкода таку співочу душити»… бо вона, та Оришка, така, що оце слізьми вмиється, а вийшла з покоїв – і заспівала… А він, матінко, і те зна, бо характерник… Він ще їй щось приказував, та не признається вона, – почала та й зупинилася. Тільки наминула, та й годі. А я таки допитаюся… Умисне піду до куми.

А тітка Мокрина промовляє:

– Мати Божа! Мати Божа!

– Позабирали злото, срібло, перли, оксамити, атласи – усе чисто, та й зникли, наче їх не було… Зникли, серце, як мара… А панство лежить скручене – бо теж, не жартуючи, скрутили… як залізом. Відспівали опівночі півні, співають вже й на світання… Пан не рухне, лежить, як галушка, а пані як почала репетувати, як почала… ревла, як тур… – Хіба не знаєте, яка? Там така, що кам'яну гору пересіче! То покотом, то поповзом, то підскоком таки якось доп'ялась до порога, та головою, любочко, у двері, та головою – аж двері заспівали та знов гукати, та знов покотом, та знов підскоком до другого порогу. А сонечко вже у всі вікна променіє – та знов репетувати: «Оришко! Ганно! Параско! Іване! Грицько!» А ті ані пари з уст – поскручувані! Репетувала б вона хто його зна поки, коли б не холодківський Омелько Шпак… Несе той Омелько Шпак лист від свого пана і в див йому, що вже сонечко геть-геть підбилося, а в дворі, наче серед степу: ані голосу людського, аніякого руху. Загляда у стайню, а там, любочко, возниця той, Іван Дейнека, – наче у сповиточку! Шпак його визволяти – та обоє до кухаря, до челяді, та усі тлумом у покої рятувати панів. Пан дуже, мабуть, перелякався – і голосу в його нема, а пані б'ється, а пані кричить – аж синя. Підвели, розкрутили… як зірветься вона, як затупотить на челядь: «Де ви були? Де були?» – Скручені, кажуть, уста нам позатулені… Не второпає, що їй кажуть, кидається, як несамовита, по покоях: «Я вам! Я вас! Знатимете! Пам'ятатимете!» Зараз по справника. «Біжи! Лети!» Скочили по справника, хто його зна, що й буде! Там тепер уся челядь, як нежива. «А дівчатам, – хвалилась пані, – таку кару завдам, таку кару»… І хто його зна, що буде! Хоч з мосту та в воду!.. А пани наїздять та наїздять – із Лучки, із Махночки, із Красноборовки, із Журавки, – та все радяться, як тих гайдамаків запопасти. І звідки ті гайдамаки взялися? І куди вони зникли? Зникли, як здиміли!

Чи ж таки їх не знайдуть? Як на мою думку, то їх таки застукають, хоч вони, може, й характерники.

Оце спитайте мене, що діялось позаторік, то, може, й не згадаю – навіть забуваю і сьогорічне, а те стародавнє немов перед очима. Коли яка пташка кудою пурхнула, де який вітрець повіяв, хто яке слово промовив – усе, як викуте, в серці… Давненько та лепетлива Мелася Чубатка по тім березі, а ось вона тут, блискотить очима та дроботить… Бачив я її і стареньку, та старенька згадується мені, наче крізь туман, а стоїть жива в очах та давня чорнява білозубочка у червоному очіпку, швидка, як мотиль, а вертка, як дзиґа, невгавуща, як вода в лотоках…

– А в Зарубинцях не чутно за тих гайдамаків, Максиме? – пита тітка Мокрина.

– Може, я й чув, – одказує, – та вже й забув, що там плескали.

Мелашка перехоплює:

– Як то? Як то? Я питала Гершкову небогу, що шинок держить у Зарубинцях, то, каже, такий там розрух, що батько сина, а чоловік жінку забувають, як звати… Недалечко там, десь коло попової греблі хтось вже бачив тих гайдамаків, – так, кажуть, виграванють кіньми, і хвалилися: «Усіх, хвалилися, порубаємо!» Моя годино! Доскочуть вони, серце, і до нашої пущі і до вашої… Певно…

– А поки що час мені пущу оглянути, – каже батько.

– Та мені час додому, – додає Максим.

Та до Чубатки:

– Може, проведемо вас, як ви такі налякані дуже?

– Ой, проведіть, проведіть, голубе, бо поспішаюся, так поспішаюсь, а боюсь…

Ходім, ходім…

Та, спинившись на порозі:

– Застукають вони нас, тітко Мокрино, застукають, любко, як пити дадуть…

А там такі вони, славлють, немилосердні, такі немилосердні… Замордують! Ой, застукають…

– Поспішаймося трохи, – знов каже Максим, – щоб часом нас не застукали от тут у лісника на хатньому порозі.

– Ой, не лякайте мене, Максиме, бо й так серце колотиться, не вгаваючи… Ходім, ходім хутенько, бо чоловік давненько, мабуть, виглядає…

– А що, – кажу, – як ті гайдамаки та справді заскочуть?

Тітка Мокрина, хоч в самої, може, тенькає серце, заспокоювати та вговоряти:

– Хай Бог милує, дитино! Не лякайся, голубе, бо та Чубатка часом набазікає, що на вербі груші… Катре, любко! Що се ти в задумі?

Катря наче прокинулась і знов узялася за свої мережки.

– Ти не бійся, серце. Що бог навине, того ніхто не мине.

– Я, тіточко, не боюся.

– Часом правди на ноготок, а приложиться на локоток, доню…

– Авжеж, тіточко.

– Як Божа воля, діточки, то, кажуть, вирнеш і з моря, то вповаймо на Господа. На віку, мовляв, як на довгій ниві, усяке трапляється; часом здається, що дожився вже до самого краю – тільки й ходу, що з моста та в воду, а Господь і визволить. От хоч би й я: чого-то я не знала в світі – бачилось усе, зналось усе… А ось дожила до сивої скроні, та ще Господь і здоров'ячка дає на потрібну роботу. То не турбуймося, голуб'ятка… Вповаймо на Пречисту.

– А як таки заскочуть? – кажу.

– Щоб ти мені і думати про се покинув, Матвійко! – ніби гримнула тітка Мокрина. – Чуєш? Ти от лучче послухай, як колись твоя стара тітка та ведмедя вилякала. Прилучилося те давненько, ще як я дівувала і червоним маком квітчалася… Того року суниць і полуниць така сила зародила, що й не сказати – по лісі, по полянах скрізь як кармазином вкрито. І так нам, дівчатам, ті суниці аж пахнуть. А в чорноставську пущу ми і тоді за старого пана боялися заглядать. Що його робить! Коли Настя Несвітайлова і надумала; то то ж була вигадчиця, то то ж була замислівка! А вже як чого сильне забажа, то ніхто не переконає – свого докаже. А бистра, як блискавиця, а весела! Велося, як і іншим – горенько знала, – а ніколи не журилася, не смутовала. «Нехай і так, – було каже, – а я таки веселюся… Хоч плач, хоч танцюй, – каже, – лихо буде – нумо ж танцювати». Хто б то сказав, що така їй доля судиться! Втопилася! Заручилась вона з Яковом Поліщуком, а того негадано віддано у москалі: старий пан, як і теперішній, був марнотний дуже і дражливий. Як угнівається, то знічев'я людину не те, що упосліднить, а й занапастить навіки… Щось він спитав, а Яков ніби не до ладу відказав, розпалився, осатанів: «У москалі дармобита!» Не дали і попрощатись з зарученицею. А вона тільки здалека подивилась услід, а далі тихенько пішла, посиділа в березі, розплела косу, як на дівоч-вечір, та кинулась в саму бистрю, в глибину… Молоденька – у 17-й рік уступала, а гарна, як іскра… Отаке-то, дітки, на світі діється… Матвійку, ти чого насторожився? Ти лучче слухай, що я розказую… Так оце ж Настя й надумала: «Гайда у Чорну Дібровку! Хоч далеченько, та вже там улакомимось, усолодимось донехочу – лісник там старий, як світ, не поженеться. Гайда у Чорну Дібровку!» Ми відмовлятися, змагатися, та вона усіх переконала. Побралися ми яром. Яр превеликий, іде заломами – густо поріс дубиною, стежинка крученая. Ми собі весело йдемо, жартуємо… Коли невеличка тіснинка, а в тіснинці…

Та й не доказала, скрикнула не своїм голосом, бо десь розлігся такий виляск, що аж за озером одлунало… Скрикнула не своїм голосом, кинулась до мене, до Катрі, схопила, притулила… Збіліла, як хустка, хоче щось промовити-не здола.

– Се десь пугою виляснуло, – каже Катря. Та, вислизнувши з тітчиних рук, до дверей:

– Подивлюсь, чи не з панського двора до нас їдуть, – і зникла.

А я за Катрею… А тітка Мокрина за мною, вхопила, не пуска.

– Катре! Катре! – гукає.

– Та чого ви так налякалися того виляска! – кажу (хоч почувши, сам трохи іздригнувсь). – Се хтось їде та пугою виляснув.

Не слухає, та все гука:

– Катре! Катре! Де вона поділася?

– Ось я, – одгукується Катря і вийшла з гущавини.

– Се десь далеко, – каже. – Округи тихо і нікого нема…

І справді, округи тихо і нікого нема.

– Проте наче зблизька виляснуло, – кажу.

– Се нам так почулося, – упевняє.

ГЛАВА VII

Минув тиждень.

– Впевняла Чубатка, що ті гайдамаки не забаряться, – кажу тітці, – а вони й забарились…

– От се молодиця! От се вітролетка! – свариться тітка. – Ти послухай, то вона тобі розкаже і прикаже! Вимислила гайдамаків! Які там у Господа гайдамаки. Верзе молодичка не знать що…

– А вони заскочили забродську пані та змусили, щоб покойовим дівчатам коси заплела… та щоб гарно… – кажу.

– От дурниця! Аби плескать! Ти мені не доймай віри, не вважай на ті байки…

– А з Бобриків знов поголосок…
погромили там панську пасіку…

– То все брехенька, мій голубе…

– А ви ж самі вчора казали батькові…

– То що, що казала? От, казала, яке базікають.

– Ні, ви казали: ой, лишенько…

– Ой дитино, який же ти морочливий! Не слухаєш мене, журиш мене… Кажу, не турбуйся… І ти, Катрусю (до Катрі), не турбуйся.

– Я, тіточко, не турбуюсь, – одказує Катря.

– А чому раз у раз вибігаєш з хати? – глузую, – та прислухаєш, та виглядаєш? Мабуть, неправда?

– Тобі, мабуть, вменило, братіку…

– Ти не ходи далеко, голубко, – приказує тітка Катрі.

Я зараз чіплятись:

– А ви ж запевняєте, що гайдамаків нема, то чому не ходити?

– Ой Матвійку, Матвійку, журиш ти мене! – зітха тітка. – Чого б то вони мали по лісі блукати? Вона вишиватиме… Правда, Катре?

– Вишиватиму, тіточко…

– Ой Матвійку. Якби ти такий слухняний, як Катря…

А мене наче душить в хаті – тільки я дихаю, як вирвуся у пущу. Хоч оглядаюсь, а часом і добренько стрепенусь, сполохнусь, а таки никаю та никаю, та все наче чогось сподіваюся…

Минув і другий тиждень. Скрізь тихо, усе гаразд: пан усе залицяється та сватається, то з панського двору жодної новини – лихо поки що спить, Катря оздоровіла – тепер вже і тітка не пита, чи здужа, бо дівчина літа, як на крилах, робить, співаючи, а очі як різдвяні зорі… Настигли суниці, почали червоніть полуниці, розвеселяючи тітку – аби часинка – вона вже й з кошиком, назбирає і ягоди, і листя, та в'яже у пучечки, та сипле на загнітку, сушить і в'ялить і на згагу, і на хрипоту, і на гризь, і на захолоду, і на вареники, та любує: «Ой, та й рясні! Ой, да виборні!» До того і годинка в Бога, – ані хмарочки. Ясненько сходить сонечко, ясно і заходить; ніч спаде, – то тиха…

Того останнього тижня якось разом почали до нас люди учащати. Під нашою пущею саме одбували косовицю і, сподіваючись молодика, дуже поспішалися, щоб заблаговрем'я у стоги вкидати. Ще на світ не займається, а вже коси крещуть, як блискавиці, не вгавають косарі і до вечора. Смеркне, то їм би додому, охолодить смажні уста, дати відпочинок змореному тілу, а вони ідуть до батька. А батько наче забув панський загад – прийма усіх. Посідають де-небудь оддалік хати і чи радяться, чи що… А далі почали вчащати поруч з нашими чорноставськими і чужесільні люди: то з Кривчуків, то з Зарубинець, приходять і з Книшівки, і з Очеретного. Став одвідувати і Овдій Чубатий, що, мовляла його жінка Меласся, наче прикипів у своїй Дрочиловській пущі. Кремезний був, наче з щирого заліза, сивувату голову мусить трохи хилити, бо стелі достає, очі огневі, огнеметні. Як списом проймають… Голос, як дзвін, хоч слово не хапливе, а розважне. Чую, каже батькові, – найпридобніш буде оборудувати на Ляховому шпилю – побачать в Кривчуках і в Шатрищах; а з Кривчуковської кручі дамо гасло аж у Водолаги.

– А ми з Степової погаслуємо у Розкопаньці, – каже Максим…

Степова – то висока, спичаста могила за Чорноставом, а Ляхів шпиль висився понад усією округою в кінець Дрочиловської пущі.

Когось дожидають. Чи ж тих, мовляв, гайдамаків? Хоч я й смажив собі голову, безскутешне мізкую. Чи що собі замишляють старші, і в чім тут сила, а проте у своїх дитячих забавках кохався. Втоплюся у розвагу, а навернеться бавильце, то й забув.

Нагледів я старого прегарного пугача і довгенько морочився, поки його таки витропив аж у вовчім яру коло самої вовковні.

Колись побавився пан, ловлячи вовків, занедбав тую ловитву, і зосталась велика глибоченна яма, як яр глибокий. А навкруги позаросло так, що й не проглянути, та тернина, та повзунка, та дереза, та чепиця. Як я тудою уперше продряпався, то пика в мене стала, як писанка.

Хоч витропив я того пугача, а гнізда його не знайшов – тільки дурно подрав штани, лазячи по тому дуплавому дереву, та, впавши з дуба, гарненько забив потилицю і трохи не повидовбував очі на спички. Та все б те нічого, якби вскурав.

Треба ж таки мені того невірного пугача конешне дістати. Узброївся, як треба, узяв ніж, забрав шворку і зарані потяг до тієї вовковні, бо думка така, що до смерку він ховатиметься, то я, може, застукаю його у дуплі. Поскоряюся та роздумую, як здатно орудуватиму, – в думці пугач вже в мене в руці, – коли разом я зупинився: що се, наче десь близько люльку палять. «Оце приснилось», – думаю і знов поспішаюся. Тихо у яру, а таки заходень з гори легенько тягне – от потягло, і знов чую: палять люльку… Наче мене холодом обвіяло, а таки йду до своєї наміченої стежечки – так, не стежиночка, а, сказати, нитиночка. Ступаю, розгортаючи терен, та й каменію: серед вовковні збатовано двоє коней, а на колоді хтось сидить і курить люльку… Дременув я з яру, наче мене з лука спрягло.

Спинив, перестрівши, батька.

– Чого се, синку, так гониш? – пита.

– Тату! – кажу, – тату!

Та й не вимовлю зразу, бо дух захопило.

– Тату, там у вовчім яру у вовковні двоє коней збахтажено, а хтось сидить на колоді і курить люльку.

– Дуже злякався? – пита.

– Злякався, тату…

– Слухай, сину: ти нічого того не бачив. Чуєш?

– Чую, тату, не признаюсь.

Він нічого більш не приказав, а я нічого не питав, а не признався б, хоч би мене на капусту сікли, на локшину кришили, змололи на дрібочки. Ідемо поруч.

– Голова в тебе, синку, як стріха, – каже.

Та простяга руку і погладив мене по голівці. І так мені серце взрушалося, наче питима мати пригорнула…

Ніби радію і плакати хочу.

– А тітка щодня загадує причепуритись.

А моє серце так розмилувалося, що зразу і слова не промовлю. А далі питаю:

– Тату! – питаю, – чи ті гайдамаки заскочуть?

– А ти, мабуть, хутко їх сподіваєшся, бо гарно приховав свої маєтки?

А я, викопавши як чималеньку ямку, склав туди ґринджолки, вершу, нову пугу, волошок, свистачку, та ще деяке хлоп'яче добро, прикидав камінцями, притрусив земелькою і зіллячком і певний, що зроду-віку ніхто тієї схованки не вишукає.

– Як се ви, тату, вишукали? – дивуюся.

– Може б, і не вишукав, та з угорка бачив, як ти порався, ховаючи.

– А гайдамаки як прискочуть, тату, то людей рубатимуть?

– Ні, сину.

– А я трохи боявся.

– Не бійся.

Я у той мент і послухав – от наче він загадав мені води принести абощо...

– Вже не боюсь, тату.

– І добре, синку.

– А тітка, – кажу, – бачила гайдамаків колись давно, то хвалилась, так дуже злякалась.

Та й розказую йому, що чув. А він слуха. Ідемо панським шляхом – широкий шлях, крізь пущу від краю до краю, звавсь панський, бо ним пан їздив гуляти, коли з убочної просіки Максим, а за ним якийсь незнайомий кремез. Максим високий, а той і Максима переріс, голова руда, як щире золото, а сам чорнявий.

– Усе гаразд, – каже Максим.

Той незнайомий кремез нічого не каже, та очі його говорять, що все гаразд...

– На тому тижні? – пита батько.

– Еге, у середу або в п'ятницю. Завістимо у вівторок, – одказує рудий кремез. – А ви не забаритесь?

– Не забаримось, – каже батько.

А тут надходить Овдій, з ним ще якісь чужесільні двоє, а слідом ще двоє, ще троє… ще і ще…

– Товариші з Звенячки, з Кринишного, з Негребовки, з Красниці, – каже Овдій.

І Овдій і всі вони такі, що аби крила, то знімуться, як один, і полетять. І батько мій не такий, як повсідень. Був він ще не старий, саме на порі, а ходив притопканий, а тут, сказав би, наче випроставсь, і невеселі його очі якось йому проясніли.

– Іди собі, синку, додому, – каже мені. – Ти нічого не бачив і не чув?

– Еге, тату, нічого не бачив і не чув.

Не дуже хотілося мені додому, а проте пішов жваво… І мені тільки б крила бракували, а то б полетів…

– Нагулявся, синочку? – пита тітка Мокрина. – Може, їстки хочеш?

Сиділа самотненько на хатньому порозі, схиливши на руку смутну голову. Досі я не завважав, а тут постеріг, що стара якось разом змарніла.

– Тіточко! – скричав, – та чого ж се ви так зразу змарніли? Нездужаєте?

– Ні, дитино, дякувати Господеві…

А ти, мабуть, далеко гуляв?

– Що се ви, тіточко! та я тут… близесенько.

– А чого ж так запихався? Мабуть, все з тим невірним пугачом короводився.

– Та ні, тіточко! кажу ж вам, що близесенько![4]

ПРИМІТКИ

1 – Остатки подобной «дівоч[ої] виспи» автор видел в с. Каченовке, в имении, только что перешедшем от умершего дяди к В. В. Тарновскому. При последнем «дівоча виспа» была только памятником минувшего (прим. автора).

2 – Пещоти – пестощі

3 – У цьому місці на берегах оригіналу приписано: «Хоч весна була як літечко, по піймах воду сонце прогрівало, а таки зарані"…

4 – На цьому місці рукопис уривається.

www.glagoslav.nl

www.ingramcontent.com/pod-product-compliance
Lightning Source LLC
Chambersburg PA
CBHW031957040826
48979CB00042B/535

* 9 7 8 1 8 0 4 8 4 1 0 7 5 *